N&K

Lemony Snicket

Gift zum Frühstück

Roman

Aus dem amerikanischen Englisch von Friedrich Pflüger

Illustrationen von Margaux Kent

NAGEL UND KIMCHE

Die amerikanische Originalausgabe erschien 2021
unter dem Titel *Poison for Breakfast*
bei Liveright Publishing Corporation,
a Division of W.W. Norton & Company

1. Auflage 2023

Deutsche Erstausgabe

NAGEL UND KIMCHE
in der Verlagsgruppe HarperCollins Deutschland GmbH,
Hamburg
Gesetzt aus der Centennial
von GGP Media GmbH, Pößneck
Druck und Bindung von Pustet, Regensburg
Printed in Germany
ISBN 978-3-312-01306-7
www.nagel-kimche.ch

Klimaneutral
Druckprodukt
ClimatePartner.com/15109-2009-1001

MIX
Papier
FSC FSC® C014889

In Erinnerung an die Schuhmacherin

Kapitel eins

Heute Morgen hatte ich Gift zum Frühstück.

In diesem Buch geht es um Fassungslosigkeit, ein Wort, das hier so viel bedeutet wie »fassungslos sein«, und »fassungslos« ist ein Wort, das hier bedeutet, dass »man keine Ahnung hat, was passiert«, und »man« ist ein Wort, das nicht nur »man selbst« bedeutet. Es sind alle gemeint. Man selbst hat keine Ahnung, was passiert, aber auch niemand sonst, den man kennt, hat eine Ahnung, was passiert, und natürlich gibt es auch noch Leute, die man nicht kennt, und das sind die meisten auf der Welt, und auch die wissen nicht, was passiert, und natürlich weiß auch ich nicht, was passiert, denn sonst hätte ich ja kein Gift zum Frühstück gegessen.

Alles, was in diesem Buch passiert, ist wahr, und damit meine ich, dass alles wirklich passiert ist – das Gift und die Gedichte, der tödliche Kaktus und der hypnotische Musiker, das Huhn und das Ei und das fatale Finale, ein Ausdruck, der hier bedeutet, dass die Geschichte mit dem Tod endet. Aber die Geschichte beginnt beim Frühstück, das ich mir selbst hergerichtet hatte, weil ich das gern mache. Sie brauchen sich nicht zu merken, was es bei mir zum Frühstück gab, weil ich es immer wieder erwähnen werde, aber es gab

Tee
mit Honig,
eine Scheibe Toast
mit Käse,
eine aufgeschnittene Birne
und ein perfekt zubereitetes Ei,

und ich hatte alles, wie schon gesagt, selbst zubereitet und aß es auf, während ich las, worauf ich Lust hatte.

Das Frühstück mache ich mir seit vielen Jahren selbst, seit einem Sommer, als ich noch ziemlich klein war und mit meiner Familie in einem Haus wohnte, das wir gemietet hatten. Das Haus lag am Ufer eines Sees, der ziemlich groß und ziemlich kalt war, und dort versammelte sich eine kleine Schar von Gänsen im Sand, die sich laut unterhielten und Dreck machten. »Die Gänse werden verschwinden«, erklärte uns der Hausbesitzer, »solange ihr sie nicht füttert«, aber die Gänse verschwanden nicht, den ganzen Sommer nicht. Am Morgen wachte ich auf und ging allein in die Küche. Die Sonne stand noch tief über dem See, und die Wellenkämme glänzten so scharf, dass sie wie Messer aussahen.

Ich habe einmal etwas gelesen, wo das Meer als »reine Messerangelegenheit« beschrieben ist und habe das nie vergessen. Ich bewundere diese Beschreibung sehr, weil es so verblüffend ist, wenn man weiß, dass vor der Person, die das geschrieben hat, niemand daran gedacht hat, und gleichzeitig ist sie so eindeutig, dass man sich fragt, warum einem das nicht selbst eingefallen ist. Das macht gutes Schreiben aus. Deshalb ist einem ein Lieblingsbuch guter Freund und neue Bekanntschaft zugleich, und ein Lieblingsautor kann Vertrauter und rätselhafter Fremder zugleich sein.

Das mit der »Messerangelegenheit« hatte ich damals am See noch nicht gelesen, aber ich saß trotzdem da und beobachtete all die scharfen, funkelnden Wasserzacken draußen vor dem Fenster, während ich wartete, bis der Toaster seine Arbeit getan hatte. Damals mochte ich zum Frühstück immer nur ein Glas Saft und eine einzelne Scheibe Toast mit Marmelade, und deshalb goss ich mir den Saft ein und steckte zwei Scheiben in den Toaster. Wenn sie fertig waren, strich ich Marmelade auf die eine, ging hinaus an den See und verfütterte die andere an die Gänse. Sie liebten das Toastbrot und blieben den ganzen Sommer, und keiner wusste, warum. Ich fütterte sie aus zweierlei Gründen: A, weil ich sie gern fütterte und ich es nicht fair fand, sie dazu zu zwingen, sich woanders nach einem Frühstück umzusehen, nur weil sie laut waren und keine eigene Toilette hatten, und B, weil es mir gefiel, ein Geheimnis zu haben, und während ich diese beiden Gründe A und B aufschreibe, kommt es mir vor, als wäre B der wichtigere, und deshalb ist B in Wirklichkeit A, das Geheimnis, das ich haben wollte.

Morgens hinauszuschlüpfen war ein so interessantes Geheimnis, dass ich bald auch nachts hinausschlüpfte, und das war noch interessanter. Die Gänse waren fort, wenn es dunkel war, und da war beim Spazieren nichts als das Rauschen des Wassers, und der See stellte im Mondschein seine Messer zur Schau. Alles war leise und lärmend zugleich, und ruhig und gruselig dazu. Bücher schrieb ich noch nicht, jedenfalls nicht wirklich, aber ich stand gern im Dunkeln und dachte nach und schrieb Dinge auf. Manchmal schrieb ich sie auf Papier, und manchmal schrieb ich sie einfach in meine Gedanken.

Mir gefiel das so sehr, dass ich auch nach diesem Sommer, als ich in einem Haus in einer Stadt wohnte, nachts hinausschlüpfte. Wahrscheinlich brauche ich nicht das Gefühl zu beschreiben, wenn man nachts eine Straße hinuntereilt, weil Sie wahrscheinlich wissen, wie köstlich das ist. Es ist natürlich auch ein bisschen beängstigend, aber so ein bisschen Angst ist nichts verglichen mit dem dunkelblauen Himmel und dem einäugigen Mond und der Nachtkälte, die einem dabei sofort unter den Schlafanzug fährt. Es stimmt, dass einem etwas Schreckliches zustoßen kann, wenn man nachts alleine herumgeht, und deshalb rannte ich immer, anstatt zu gehen, obwohl das die Chance wahrscheinlich gar nicht verringerte, dass mir etwas Schreckliches zustieß. Etwas Schreckliches kann einem jederzeit zustoßen – beim Frühstück zum Beispiel.

Beim Rennen gab es einen zusätzlichen Nervenkitzel, weil ich damals ein Gedicht namens »Der Straßenräuber« sehr mochte, in dem der geheimnisvolle Held

kam geritten –
Geritten – geritten –

und das einfach so, mit Gedankenstrichen zwischen den Wörtern, damit das Gedicht dringlicher klingt und lustiger zu lesen ist. Wenn ich in meinem Stadtteil unterwegs war, kam ich

gerannt –
Gerannt – gerannt –

und kam mir genauso geheimnisvoll und heldenhaft vor wie der Straßenräuber, der im Übrigen am Ende tot ist.

Und noch eine andere Zeile aus dem Gedicht flatterte mir im Kopf herum, während ich rannte: »Der Mond war eine Geister-Galeone, gebeutelt im wolkigen Meer.« Eine Galeone ist ein altmodisches Schiff, aber das wusste ich damals nicht, und weil das Wort »Galeone« wie »Gallone« aussieht, dachte ich, es wäre eine Art Flasche, die vom Sturm gebeutelt auf dem Meer tanzt, und zwar mit einer Botschaft darin. Mir gefiel die Vorstellung, der Mond hätte eine Botschaft, und ich könnte die Person sein, die sie bekommt, wenn ich nur genügend herumrenne.

Wenn ich mir mein Herumrennen vorzustellen versuche, sehe ich den Stadtteil nie so, wie er wirklich war, sondern nur die Welt des Straßenräubers mit einem Mond wie eine geisterhafte Flasche am Himmel. Zu den Rätseln der Welt zählt, dass man in Gedanken die Landschaft verändern kann, und dann bewegt und verändert sich alles so, wie man es sich vorstellt. Denkt man etwa an ein Buch, sieht man möglicherweise die Welt des Buchs um sich herum, auch wenn man gerade gar nicht liest. Das gehört zu den vielen aufregenden Tricks der Literatur, aber eine Schuhmacherin, die ich kenne, hat mich kürzlich daran erinnert, dass das jederzeit und unter allen möglichen Umständen passieren kann. Als Jugendliche wanderte sie durch eine entsetzliche Landschaft, kein Buch weit und breit, und stellte sich dabei nur wunderbare Dinge vor. Genau wie der Straßenräuber ist sie jetzt tot.

Wenn ich mich nachts zum Herumrennen hinausstahl, ging ich durch die Hintertür, die auf eine dunkle Gasse führte. Oft hört man den Spruch, »dem möchte ich nicht in einer dunklen Gasse begegnen«, wenn von jemandem die Rede ist, der verdächtig aussieht oder sich verdächtig benimmt, aber natürlich will man in einer dunklen Gasse am liebsten überhaupt niemandem begegnen. Die Gasse, in der ich mich wiederfand, war wie die meisten Gassen voller unheimlicher Schatten und flüchtiger Geräusche. Ich hätte hier meinem besten Freund auf der ganzen Welt begegnen können, und er wäre mir wie ein bedrohlicher Fremder vorgekommen. So alleine in dieser Gasse kam ich mir selbst wie ein Fremder vor, ein Kind, das eigentlich im Bett sein sollte, aber trotzdem blieb ich einen Moment stehen, bevor ich auf den Gehweg hinauseilte, um ganz sicher zu sein, dass ich nicht irgendwas verloren hatte.

Ich war noch sehr jung, als mir jemand die Geschichte einer Entführung erzählte, die ich sehr interessant fand. Die Entführer hatten ein kleines Mädchen aus seinem Schlafzimmer geholt und in eine Gasse hinausgezerrt, wo der Wagen wartete. Die Eltern hörten das Auto und liefen hinaus in die Gasse, wo man den Kissenbezug des kleinen Mädchens fand. »*Stell* dir das vor«, sagte die Frau, die mir die Geschichte erzählte. Sie gehörte zu der Sorte, die beim Erzählen entsetzlicher Geschichten in freudige Erregung gerät. »Wie *verzweifelt* muss man sein, wenn man *den Kissenbezug des eigenen Kindes* in einer dunklen Gasse findet?« Ich konnte mir das vorstellen, und deshalb blieb ich immer kurz stehen, bis ich sicher war, dass ich in der Gasse nichts hatte fallen lassen, das jemanden zur Verzweiflung bringen konnte, wenn er es fand. Manchmal lag ich auch hinter meinem Zimmerfenster auf der Lauer und hielt Ausschau nach dem Auto eines Entführers oder irgendwelchen anderen Anzeichen dafür, dass etwas Schreckliches geschehen könnte. Ein Mörder, dachte ich, ein Werwolf. Ich weiß nicht, wie ich beschreiben soll, wie ich mich fühlte, als ich über solche Dinge nachdachte. Jedenfalls musste ich beinahe die Luft anhalten, denn es war wunderbar und schrecklich zugleich. Zwei unter Kapuzen verborgene Gestalten, eine große Schlange, ein Paar maskierter Zwillinge oder ein Dämon mit Umhang. Ich wartete nur, beobachtete und dachte nach, und das für lange Zeit, und obwohl ich nie auch nur eine einzige Hexe sah, hielt ich weiter Ausschau.

Sie haben inzwischen wahrscheinlich erkannt, dass dieses Buch anders ist als diejenigen, die Sie vielleicht gelesen haben. Es unterscheidet sich auch von anderen Büchern, die ich geschrieben habe. Es findet sich eine Geschichte darin – eine wahre Geschichte darüber, dass ich Gift zum Frühstück gegessen habe – aber es ist auch ein Buch über Philosophie, ein Wort, das bedeutet, über

Dinge nachzudenken und zu versuchen, sie zu verstehen. Es ist auch ein Buch darüber, wie ich die Bücher schreibe, die ich offenbar geschrieben habe, und über andere Dinge, wie zum Beispiel ein langes Lied oder einen langen Film, den ich vor vielen Jahren gesehen habe, was mir zufällig wichtig vorkommt. Ich habe Ihnen schon gesagt, dass das Buch von Fassungslosigkeit handelt und vom Tod, der jetzt schon zweimal vorgekommen ist – der Straßenräuber und die Schuhmacherin, die ich kenne – und dass es, wie schon gesagt, mit einem fatalen Finale enden wird.

In allen Büchern über Philosophie wird irgendwann der Tod erwähnt, und das ist einer der Gründe, weshalb viele Leute Bücher über Philosophie nicht gerne lesen, genauso wie viele Menschen nachts nicht gern ihre Betten verlassen und sich aus dem Haus schleichen. Ich habe dieses Buch einer Schriftstellerin gegenüber erwähnt, die ich nicht nennen will, und sie sagte: »Oh, Mr. Snicket, wer will denn so etwas lesen?« Ich weiß genau, was sie meint. Wenn man in einer Bibliothek nach einem ganz besonders ruhigen Platz zum Lesen sucht, dann geht man am besten geradewegs in die Abteilung für Philosophie. Da niemand gerne Philosophisches liest, wird niemand dort sein, und man kann ungestört lesen, schreiben oder einfach nur nachdenken und beobachten, was ich bis heute tue. Das gehört dazu, wenn man Schriftsteller ist – es ist sehr wichtig, vielleicht sogar wichtiger, als Dinge aufzuschreiben. Aber es kann sehr schwierig sein, das zu beschreiben.

Als ich klein war, sagte man mir zum Beispiel nach dem Frühstück: »Geh bitte deine Zähne putzen und zieh dir deine Schuhe an«, und ich ging aus dem Zimmer und dann, zuerst sehr leise und dann viel zu laut, rief man meinen Namen, und ich ging mit ungeputzten Zähnen und ohne Schuhe zurück ins Frühstückszimmer. »Mr. Snicket«, fragte man mich dann – mir ist es lieber, wenn mich die Leute »Mr. Snicket« nennen, damit ich, falls wir irgendwann Freunde werden, sagen kann: »Ach, jetzt kennen wir uns schon so lange, Sie brauchen mich nicht mehr ›Mr. Snicket‹ zu nennen«, – »Mr. Snicket, was haben Sie denn so lange gemacht?«, und ich konnte keine Antwort darauf geben.

Am Frühstückstisch gab es damals einem Holzstuhl, den man auf verschiedene Arten zusammenbauen konnte. War man ein Baby, dann war er ein Hochstuhl; war man ein Kleinkind, konnte man ihn ebenfalls passend einstellen und auch, wenn man schließlich erwachsen war, und ich dachte immer, vielleicht könnte man ihn noch einmal umbauen, wenn man starb, und zwar zu einem Sarg – einem »Holzpyjama«, – wie das einmal jemand genannt hat – und damit bräuchte man für das ganze Leben nur einen einzigen Stuhl. Ich bin mir ziemlich sicher, wenn ich einmal in meinem Holzpyjama liege, werde ich Ihnen immer noch nicht genau sagen können, was ich eigentlich getan habe, als man mir sagte, ich solle meine Zähne putzen und meine Schuhe anziehen. Lesen war es jedenfalls nicht, denn ich hatte kein Buch vor der Nase. Schreiben war es auch nicht, denn ich hatte keinen Füller oder Bleistift in der Hand. Ich dachte nach. Ich beobachtete. Der Versuch, das zu erklären, macht mich fassungslos, so als würde mich plötzlich eine alarmierende Botschaft erreichen, angespült in einer

Flasche, oder vielleicht unter meiner Tür hindurchgeschoben wie heute Morgen, als ich gerade mein Frühstück beendete und an andere Dinge dachte. Es war nur ein Schnipsel Papier, der da neben dem winzigen Stückchen Nichts zwischen Tür und Boden lag. Als ich ihn aufhob und las, konnte ich an nichts anderes mehr denken, aus zweierlei Gründen: A, weil es beängstigend war, und B, weil es mich fassungslos machte, und dabei kommt es mir, während ich diese beiden Gründe aufschreibe, tatsächlich so vor, als wäre B der wichtigere, und deshalb ist B in Wirklichkeit A, weil es mich fassungslos machte. Sie haben wahrscheinlich schon erraten, was darauf stand, denn Sie haben es schon ganz am Anfang dieses Buches gelesen.

Sie hatten Gift zum Frühstück.

Kapitel zwei

Ich starrte den Papierschnipsel in meinen Händen einige Augenblicke lang an und versuchte, meine Gedanken zu sortieren. Ich versuchte sogar, sie zu nummerieren für den Fall, dass das hilft.

1. Grundgütiger!
2. Es hilft nichts, *Grundgütiger* zu denken, Snicket. Ruhig bleiben.

Nein, halt, das wäre ja schon der dritte Gedanke.

3. Ruhig bleiben.
4. So ist es besser.
5. Also, dann schau dir die Botschaft jetzt noch einmal an.

6. Sie hatten Gift zum Frühstück.
7. Grundgütiger!
8. Hör auf.
9. Also gut.
10. Tief durchatmen. Oft hilft es, wenn man tief durchatmet, am besten gleich mehrmals.
11.
12. Das war nur ein Mal. Mach weiter. Jeder weiß, wie man atmet, aber manchmal muss man unterbrechen und sich noch einmal neu beibringen, wie es geht.
13. Sie hatten Gift zum Frühstück.
14. Aufhören! Atme ein paarmal tief durch.
15.
16.
17.
18. Nun gut. Also, glaubst du, die Botschaft könnte ein Witz sein? Wenn ja, dann entspann dich. Wenn nein, spring zu Nummer 35.
19. Ja, ein Witz. Es muss ein Witz sein.
20. Aber wenn es doch kein Witz ist?
21. Es sieht gar nicht nach einem Witz aus.
22. Ein Mann sitzt mit einem sehr hässlichen Baby im Zug.
23. Das Baby ist so hässlich, dass ein Mitreisender sagt: »Was für ein abscheuliches Baby.«
24. »So bin ich im ganzen Leben noch nicht beleidigt worden«, sagt der Mann und eilt zur Schaffnerin, um sich zu beschweren.
25. »Das tut mir leid, Sir«, antwortet die Schaffnerin, als ihm der Mann von der schrecklichen Beleidigung erzählt.

26. »Nehmen Sie doch bitte im Erste-Klasse-Abteil Platz und genießen Sie dort ein kostenloses Glas Champagner«,
27. »und ich werde sehen, ob ich nicht etwas Käse auftreiben kann für Ihre Hausratte.«
28. Das ist ein Beispiel für einen Witz.
29. Darin wird eine kleine Geschichte mit einer lustigen Wendung erzählt.
30. Bei *Sie hatten Gift zum Frühstück* ist das überhaupt nicht so.
31. Es gibt aber natürlich auch die Sorte Witz, die nur aus einer Frage mit einer lustigen Antwort bestehen.
32. Wo hat der König seine Armeen?
33. Ja, der ist gut.
34. Aber so ist Sie hatten Gift zum Frühstück auch nicht.
35. Also gut, es ist kein Witz.
36. Und wenn es kein Witz ist, dann ist es ein Notfall.

Bei dem Wort *Notfall* schaute ich nochmal auf den Zettel und musste mir beipflichten. Was dort geschrieben stand, fühlte sich wirklich wie ein Notfall an. Trotzdem fand ich nicht, dass ich irgendwelches Notfallpersonal einschalten sollte – jemanden auf einer Polizeiwache zum Beispiel, oder ein Krankenhaus. Wenn mich jemand vergiftet hatte, dann wurde ich ermordet. Wenn das aber jemand nicht getan hatte, dann wurde ich eben nicht ermordet. Die Polizei zu verständigen war also, als würde ich bei der Feuerwehr anrufen und sagen, dass mein Haus entweder vollständig niedergebrannt war, oder, dass es noch stand und ich gemütlich auf der Veranda saß – und wenn ich im Krankenhaus anrief, dann würden sie bestimmt fragen, was das für ein Gift war, wie viel ich davon gegessen hatte und wie lange das her war, und ich sollte bitte schnell dort hinkommen und mich ausziehen lassen, und dann würden sie mir noch mehr Fragen stellen, und ich könnte nichts antworten außer ich weiß nicht, und ich weiß nicht, und nein danke.

Ich drehte mich wieder um und schaute mein Frühstück an, obwohl es eigentlich kein Frühstück mehr war.

Ich hatte alles bis zum letzten Rest vertilgt, und zwar

Tee
mit Honig,
eine Scheibe Toast
mit Käse,
eine aufgeschnittene Birne
und ein perfekt zubereitetes Ei,

und übrig war nur eine feuchte Tasse und ein Teller mit ein paar Krümeln, neben dem Buch, das ich las. Beim Frühstück habe ich immer gern ein Buch dabei, auch wenn ich manchmal nur wenig darin lese. Manchmal schlage ich es beim Frühstück nicht einmal auf, aber es liegt da neben mir wie ein stiller Gefährte, während meine Gedanken den ganzen Morgen über hin und her wandern. Ich denke dann vielleicht an den Tag, der vor mir liegt, oder die zurückliegende Nacht, oder vielleicht an Dinge fern meiner eigenen Lebensumstände, bis mein Verstand, von einem Augenblick oder Schluck Tee zum anderen, zum Frühstückstisch zurückkehrt, manchmal mit einer köstlichen neuen Idee oder einer Lösung für ein fassungslos machendes Problem.

Das ist Philosophie, mehr oder weniger – die eigenen Gedanken benutzen, um etwas herauszufinden – und es kam mir in den Sinn, dass sich das Problem meiner Vergiftung vielleicht am besten mit Philosophie lösen lässt. Nicht viele Leute denken daran, bei einem Notfall einen Philosophen anzurufen, und doch sind die aufregendsten und nützlichsten Dinge der Welt einfach dadurch entstanden, dass jemand über sie nachgedacht hat. Vielleicht funktioniert das ja auch heute, dachte ich. Vielleicht kann die Philosophie mich retten.

Genau in diesem Augenblick dachte ich an etwas: eine Geschichte, die ich gelesen hatte über andere Leute, die beim Frühstück fassungslos geworden waren. Die Geschichte handelt von den Emersons, einer Familie, die in Amerika lebte, wo ihre älteste Tochter Sally einen jungen Mann liebte, den ihre Eltern nicht mochten. Denen war ein Mann namens Stephen Jones lieber, dessen Name mir sofort im Gedächtnis haften blieb, weil er den Mann sehr langweilig erscheinen ließ. Sally willigte allem Anschein nach ein, traf aber Vorbereitungen, durchzubrennen und den Mann zu heiraten, den sie lieber mochte. Aber just an jenem Morgen bekam die Familie Emerson Besuch von einer exzentrischen alten Frau, die in der Nähe wohnte. »Exzentrisch« ist ein Wort, das hier so viel bedeutet wie »so ungewöhnlich, dass die Leute im Dorf dachten, sie könnte eine Hexe sein«, und sie klopfte an die Tür und bat um etwas zum Frühstück. Die Emersons erklärten, sie wären sehr beschäftigt, baten die alte Frau allerdings herein und sagten, sie solle sich einfach nehmen, was sie brauche.

Das ärgerte die exzentrische Frau, und sie belegte die Familie mit einem Fluch, der besagte, dass sie bis Sonnenuntergang nichts erledigt bekommen würde. Und als die alte Frau gegangen war, bemerkten die Emersons tatsächlich, dass sich Türen und Fenster nicht öffnen ließen und auch ihre Rufe zu den Nachbarn offenbar nicht gehört wurden. Sie saßen in ihrem Haus fest und konnten weder ihre Arbeit erledigen noch Liebesgeschichten vorantreiben. Bei Sonnenuntergang löste sich der Fluch wieder, aber Sally hatte die Verabredung mit ihrem jungen Mann verpasst, und er verließ die Stadt ohne sie. Und immer geht mir der letzte Satz durch den Sinn – »Sie heiratete Stephen Jones, wie von ihren Eltern erhofft« – ein fassungslos machendes Ende einer fassungslos machenden Geschichte.

All das habe ich in einem Buch gelesen, in dem behauptet wird, die Geschichte sei wahr – obwohl man natürlich nicht immer glauben darf, was man liest – aber es ist schwer zu sagen, ob es einen nun fassungsloser macht, wenn die Geschichte tatsächlich passiert ist oder sie sich jemand ausgedacht hat. Warum ist die Frau – ob Hexe oder nicht – überhaupt so wütend auf die Familie? »Kommen Sie doch herein und nehmen Sie sich, was Sie brauchen«, ist doch eine erstaunlich großzügige Reaktion auf ein unvermittelt erbetenes Frühstück, und die Hexe hätte doch auf der Stelle

Tee
mit Honig,
eine Scheibe Toast
mit Käse,
eine aufgeschnittene Birne
und ein perfekt zubereitetes Ei

genießen können, aber stattdessen belegte sie die Emersons mit einem Fluch. In den meisten Geschichten belegen Hexen Leute mit Flüchen, um ihnen eine Lektion zu erteilen, aber ich halte es für unwahrscheinlich, dass die Familie sagte: »Nun, wenn das nächste Mal eine alte Frau um ein Frühstück bittet, dann werden wir wohl alles stehen und liegen lassen und uns in die Küche stellen.« Vielleicht gefiel es ihnen ja sogar drinnen, als ihnen klar war, dass sie wirklich eingeschlossen waren, und sie genossen den ruhigen freien Tag, lasen vielleicht oder machten zusammen ein Puzzle. Sally war natürlich nicht in der Stimmung für derlei Dinge, weil ihr ganzes Leben durch eine verpasste Verabredung verdorben war. Aber auch das macht einen fassungslos. Sallys Verehrer, wie immer er hieß, war offenbar ein bisschen unbesonnen, ein Wort, das hier bedeutet, »die Stadt vorschnell verlassen, weil Sally nicht pünktlich war.« Deshalb war es wahrscheinlich das Beste, dass sie die Verabredung versäumte und den Mann nicht heiratete, der Sally nicht einmal eine Nachricht mit dem Inhalt schrieb: »Schade, dass wir uns verpasst haben, aber wie wär's morgen um die gleiche Zeit?« Vielleicht war ihr Leben ja gar nicht verdorben. Vielleicht war Stephen Jones gar nicht so langweilig, wie sein Name vermuten lässt, und es begann damit ein glückliches Leben für Sally Jones, née Emerson.

Ich starrte auf mein Frühstücksgeschirr, den Zettel immer noch in der Hand, und dachte über die Geschichte nach. »Née« ist ein französisches Wort, das hier »geborene« bedeutet, obwohl man damit auch oft auf den ersten Nachnamen einer Frau hinweist, falls sie ihn wechselt, wenn sie heiratet oder vor Strafverfolgung flieht. Dieser Morgen war née angenehm. Seit dem Frühstück war er allerdings von Gefahr überschattet. Ich blickte wieder auf die Worte *Sie hatten Gift zum Frühstück,* und obwohl ich, wie Ihnen bekannt ist, wusste, dass man nicht alles glauben darf, was man liest, kam mir die Tinte auf dem Papier sehr glaubwürdig vor. Ich hatte Gift zum Frühstück gegessen. Jeder Augenblick, in dem ich dastand und auf meinen Papierschnipsel starrte, war ein Augenblick näher an meinem Tod.

Ich wollte natürlich nicht sterben. Auch Sie freuen sich wahrscheinlich nicht auf Ihren eigenen Tod. Wenn Ihnen der Tod begegnet, in Wirklichkeit oder in der Vorstellung, auf den Seiten eines Buchs oder an einer Museumswand, auf einen Bildschirm projiziert oder direkt vor Ihnen im wirklichen Leben, dann denken Sie: *Nun, ich hoffe, das passiert mir nicht.* Aber das wird es natürlich. Wir werden alle sterben. Vielleicht stirbt man, wenn man noch sehr klein ist (was niemand möchte) und die Leute sagen dann, was für eine Tragödie, dass man so jung sterben musste, oder man stirbt, wenn man sehr alt ist (vermutlich will das jeder) und die Leute sagen, es ist nicht so eine Tragödie, weil man schon so alt war, oder man stirbt irgendwann dazwischen, und dann wissen die

Leute nicht, ob es eine Tragödie ist oder nicht. Vielleicht stirbt man bei einem gewöhnlichen Unfall, oder auch einem bemerkenswerten, sodass Leute, die einen gar nicht gekannt haben, trotzdem alles darüber erfahren wollen.

Vielleicht stirbt man an einer Krankheit (wieder entweder an einer gewöhnlichen oder einer bemerkenswerten) und das entweder plötzlich oder sich hinziehend, ein Ausdruck, der hier bedeutet, dass es viel zu lange dauert. Vielleicht wird man auch von einem anderen Menschen getötet, entweder aus Versehen, was tragisch ist, oder mit Absicht, was böse ist, oder von einem Tier, in welchem Fall sich möglicherweise gar nicht herausfinden lässt, ob es nun tragisch oder böse war. Es könnte überraschend geschehen, oder mit reichlich Vorwarnung, aber selbst bei noch so viel Vorwarnung könnte es einem trotzdem wie zu wenig vorkommen. Es könnte mitten in der Nacht passieren (Einbruch?) oder am helllichten Tag (Fettbrand?), während eines Gewitters (Pfütze?) oder eines Schneesturms (Schlitten?) oder an einem gewöhnlichen windigen Nachmittag (hohes Alter, verdorbene Milch), mitten in einer Feier (Trompete, Pech), bei einem Schwimmwettkampf (Stromschlag, Neid), an einem stillen Abend zu Hause (Lungenentzündung, Decke), oder auf einer langen Fahrt mit dem Traktor (Rache, Pappkarton). Es sind schon viel mehr Menschen gestorben, als jetzt gerade leben. Wenn man also verstirbt, dann hat man etwas mit der großen Mehrheit der Menschen gemeinsam, und trotzdem ist es genauso unmöglich, sich den Tod vorzustellen, wie ihn zu vermeiden. Vielleicht haben Sie genau wie ich bereits versucht, sich ihn vorzustellen, haben die Augen geschlossen und sind ganz still dagelegen, so wie man sich etwas zu essen vorstellt, das man noch nie probiert hat, wenn man es auf einer Speisekarte sieht. Eigentlich weiß man dann trotzdem nicht, wie es schmeckt.

Es ist leichter, sich Beerdigungen vorzustellen. Die Leute kommen irgendwo zusammen, in einem Gotteshaus oder auf einem Friedhof oder in einer Billardhalle, und sie weinen und tun und kondolieren, ein pompöses Wort für das Beileid, das man jemandem bei einer Beerdigung ausspricht. Vielleicht gibt es einen großen Begräbniszug, was hier so viel bedeutet wie eine feierliche Parade aus Wertschätzung und Trauer. Vielleicht stehen Leute auf und sagen nette Dinge über uns, und vielleicht lesen sie auch laut aus Büchern vor, die sie für bedeutungsvoll oder passend halten. Erst gestern Abend habe ich ein Buch mit Passagen gelesen, die im Ägypten der Pharaonen bei Begräbnissen vorgelesen wurden:

> Du bist über Flüsse aus Millionen und Hunderttausenden von Millionen Jahren gereist. Du segelst in Frieden über sie hinweg und steuerst deinen Kurs über den wässrigen Abgrund, welcher der Ort ist, den du liebst.

Ich habe wenig Ahnung, was das bedeutet, aber es hört sich hübsch an, und mir gefällt die Vorstellung, dass Leute nach meinem Hinscheiden aufstehen und nette Dinge über mich sagen, auch wenn mich ihre Worte vielleicht fassungslos machen würden, wenn ich noch nicht hingeschieden wäre.

Schön an den Gedanken über eine Beerdigung ist es, wenn man sich vorstellt, dass sich Leute wünschen, sie wären netter zu einem gewesen, als wir noch am Leben waren. »Warum, ach warum nur habe ich Lemony Snicket nicht besser behandelt?« Ich kann es förmlich hören, während sie sehr laut weinen, aber natürlich werden sich manche Leute überhaupt nicht schlecht fühlen, wenn sie erfahren, dass ich tot bin. Ich bin sicher, Ihnen fallen Menschen ein, die klammheimlich kichern, wenn Sie von Ihrem Tod erfahren. »Verflucht soll diese Person sein«, werden diese Leute über Sie sagen – wie eine Hexe, der man gesagt hat, sie soll sich das Frühstück selbst machen, und sie werden sich viele Gedanken über Ihre Boshaftigkeit machen. Die meisten dieser Leute sind natürlich selbst boshaft, weil Sie wahrscheinlich überaus nett und charmant sind. Aber sehen wir den Tatsachen ins Auge. Manche dieser Leute haben recht, was Sie betrifft, weil wir uns alle schon einmal schlecht gegenüber anderen Menschen benommen haben, die wir aus dem einen oder anderen Grund nicht mochten. Manchmal habe ich miese Laune und denke mir einige Augenblicke lang Verwünschungen aus für Menschen, die ich nicht mag. Ich hoffe, eines Nachmittags fallen dir in einem Restaurant die Haare aus, denke ich dann. Ich hoffe, die Zähne fliehen dir aus dem Mund, rennen in der Stadt herum und beißen Leute, und man gibt dir die Schuld und steckt dich ins Gefängnis. Ich hoffe, du ziehst um in ein neues Haus, und im neuen Haus stinkt es fürchterlich. Ich hoffe, du trittst auf einen Teppich, der unter dir zappelt, sodass du hinfällst und dir einen Bluterguss holst. Ich hoffe, der Teppich entpuppt sich als

Wolf, der auf dem Boden geschlafen hat, und dieser Wolf ist wütend und hungrig und stark. Gerechterweise muss man sagen, dass manche von diesen Menschen boshaft sind und es deshalb verdienen, dass man sie verwünscht, finde ich. Wenn wir aber weiter gerecht bleiben wollen, dann sind manche davon Leute, die ich einfach zufällig nicht mag, und die entsetzt wären, wenn sie wüssten, dass ich mir manchmal vorstelle, wie sie von einem herabfallenden Kronleuchter zerquetscht werden.

Grausame Gedanken zu haben ist eines, aber wie Sie wissen, ist es ein anderes, sich scheußlich zu benehmen. Sie können sich problemlos an Zeiten erinnern, als Sie grausam waren, und wenn ich *problemlos* sage, dann meine ich, es ist sehr leicht, sich an diese Zeiten zu erinnern und schwierig, die Erinnerung daran zu stoppen. Sie schmerzen im Gehirn und im Körper, diese schändlichen Erinnerungen, wie ein Knochenbruch, der nie richtig zusammengewachsen ist. Vor vielen Jahren, als junger Mann, hastete ich einmal durch strömenden Regen, sah ein leeres Taxi und lief hin. Ich sprang auf den Rücksitz und war froh, dass ich nun im Trockenen und unterwegs war, als ein Mann auf dem Gehsteig meinen Arm packte, kurz bevor ich die Tür schließen konnte, und ich begriff, dass das Taxi für ihn gehalten hatte, nicht für mich. »Bitte«, sagte er und deutete durch den Regen auf eine Frau, die bei ihm war und einen Kinderwagen heranschob. Aber ich saß bereits im angenehm warmen Taxi und schloss die Tür. Das ist jetzt viele Jahre her, aber es vergeht keine Woche, ohne dass ich daran denke und mich frage, was in aller Welt mir damals durch den Kopf ging. Ich war in Eile, das schon, aber ein Notfall war es nicht.

Auch bin ich mir sicher, dass die kleine Familie nicht im Regen umkam, sondern ein anderes Taxi fand und die Sache vielleicht auch vergessen hat, weil es schon so lange her ist. Ich habe es allerdings nicht vergessen, und ich könnte es ihnen nicht übel nehmen, wenn sie gelegentlich beisammensäßen und sich wünschten, dass ich mit dem Fuß zwischen zwei Felsblöcken steckenbleibe und ein Schwarm wütender Hornissen heranbraust, oder dass alle Kräcker, die ich jemals essen werde, aufgeweicht sind.

Es macht mich traurig, wenn ich an meine Übeltaten denke, aber wenn ich nicht traurig darüber wäre, dann würde das wohl bedeuten, dass mich das nicht kümmert. Ich bin aber froh, dass es mich kümmert, also bin ich ein bisschen glücklich, weil ich traurig bin.

Wie dem auch sei, ich werde sie nie wieder sehen, diese bedauernswerte verregnete Familie, und werde mich deshalb auch nie entschuldigen können, was mich von Neuem traurig macht. Wenn man sich entschuldigt, ist das ein bisschen wie wenn man zu der letzten Seite eines Buches kommt. Das Buch ist immer noch da mit der Übeltat darin, aber wenigstens wird es geschlossen und in ein Bücherregal gestellt. Jede einzelne Sache, für die ich mich hätte entschuldigen müssen, und das nicht getan habe, ist wie ein Buch, das aufgeschlagen und unbeendet da liegt. Wenn ich aber dazu komme, mich zu entschuldigen, dann sage ich über meine Übeltat meistens: »Das war nicht meine Sternstunde«, und obwohl »Sternstunde« soviel bedeutet wie »eine Zeit, als ich in Bestform war«, stelle ich mir meine Sternstunde am liebsten als eine Stunde vor, in der ich so rechtschaffen und gut wie nur irgend möglich bin. Ich weiß nicht, wann diese Stunde ist – irgendwann in der Zukunft, oder ob sie in der Vergangenheit unbemerkt verstrichen ist, aber ich halte die Augen offen nach diesen sechzig funkelnden Minuten. Ich weiß, dass sie irgendwo sind.

Da stand ich und dachte über all das nach, Tod und Begräbnisse und Ägypten und Taxis, während ich den beunruhigenden Zettel in der Hand hielt. Ich wusste natürlich, dass man nicht herumgehen und nach seiner Sternstunde suchen kann, so wie man nach einem verlorenen Handschuh oder einer verwirrten Frau im Nachthemd sucht. Aber ich dachte, dieses giftige Rätsel zu lösen, dieser Botschaft in meiner Hand nachzugehen und vielleicht sogar meinen Tod hinauszuzögern, das sollte ich in meiner Sternstunde tun, wenn diese zufällig jetzt geschlagen hatte, und mit diesem Gedanken ging ich zur Tür, öffnete sie und sah nach, ob nicht eine Spur von der Person zu sehen war, die mir die Botschaft ins Haus geschmuggelt hatte.

Würde ich mir eine Geschichte ausdenken, müsste es draußen grau und trübselig aussehen, aber stattdessen war es sonnig und trübselig, strahlend und bitterkalt, als könne sich der Himmel nicht entscheiden, ob er gute Laune hätte oder den ganzen Tag maulen wolle. So ein Wetter machte mir nichts aus – Wetter, das sich nicht entscheiden kann –, weil ich oft genauso bin oder das zumindest glaube. Ich weiß nicht.

Mein Haus lag auf einer großen Anhöhe, von der eine kurvige Straße zu den geschäftigeren Stadtvierteln hinunterführte, wo ich meine Einkäufe erledigte, meine Freunde traf, meine Bücherei besuchte und die anderen Aufgaben erledigte, die meinen Alltag ausmachten. Ich sah einen Mann, der auf der kurvigen Straße ging und sich von mir entfernte. Sein Gesicht konnte ich nicht sehen und seine Kleidung war ziemlich unauffällig, aber es kam mir nicht vor, als würde ich ihn kennen. Ein Freund von mir war er nicht und auch kein Feind, den ich kannte – jemand, der seine Zeit damit verbringt, mich zu verfluchen und mir Böses zu wünschen. Er war ein Fremder. Ich entschloss mich sofort, ihm zu folgen.

Von einem Haken neben der Tür griff ich mir den Mantel. Wenn ich mit den Armen in den Mantel schlüpfe, muss ich immer dasselbe denken –

Wo hat der König seine Armeen?
In seinen Ärmeleen.

– aber der Papierschnipsel, den ich in die Tasche steckte, war kein Witz. Ich blickte mich um zu den Geistern meines Frühstücks –

Tee
mit Honig,
eine Scheibe Toast
mit Käse,
eine aufgeschnittene Birne
und ein perfekt zubereitetes Ei

– und nummerierte noch einmal meine Gedanken, um sie zu sortieren.

1. Stell dir dein schmutziges Geschirr nicht als Geister vor,

sagte ich mir.

2. Oder dass der Stuhl ohne dich darauf einsam aussieht, Snicket – ein hölzerner Umriss einer sitzenden Gestalt.
3. Schnapp dir einen Stift und ein paar Zettel, damit du dir bei den Nachforschungen Notizen machen kannst.
4. Vielleicht hast du dir ja sogar schon die eine oder andere Notiz gemacht, während du über all diese anderen Dinge nachgedacht hast.
5. Und nimm das Buch mit, das du beim Frühstück gelesen hast.
6. Denk daran, was du vor Jahren gelernt hast: Du bereust es nie, dass du ein Buch mitgenommen hast.
7. Außerdem ist es ein kleines Buch. Schau, es passt leicht in deine Manteltasche.
8. Deshalb magst du diesen Mantel so, weil Bücher in seine Taschen passen,
9. Damit du auf all deine Reisen Bücher mitnehmen kannst.
10. Geh jetzt los.
11. Denk nicht an Reisen,

aber unwillkürlich musste ich daran denken, wie ich einmal mit anderen Autoren in einem Raum zusammensaß und mit ihnen darüber diskutierte, wie wir Bücher machen, welche Geschichten wir bewunderten, welche wir nicht mochten und welche wir schreiben wollten. Ein Schriftsteller war ziemlich berühmt und ziemlich unangenehm, und er sah uns alle angewidert an, während wir uns über die verschiedenen Geschichten unterhielten. Es gäbe, sagte er verächtlich – ein Wort, das hier bedeutet »in einem Tonfall, der erkennen ließ, dass er uns ebenso langweilig fand wie wir ihn« – im Grunde nur zwei Geschichten:

Ein Fremder kommt in die Stadt.

und

Jemand geht auf eine Reise.

Die Autorin, die ich im Raum am meisten mochte, eine humorvolle Frau, die nicht mit freundlichen Worten geizte, raunte mir ein Geheimnis zu: »Das ist beides dieselbe Geschichte.« Ich fragte sie, was sie damit meinte, und während ich aus dem Haus eilte, um dem Unbekannten zu folgen, dachte ich an ihre Erklärung und schrieb sie auf: Wenn ein Fremder in die Stadt kommt, ist er von woanders gekommen, also ist er auf eine Reise gegangen. Sie hatte recht, beides war dieselbe Geschichte, und wir lachten beide leise darüber, während der berühmte und herablassende Schriftsteller uns weiter belehrte.

12. Du bist ihr seit damals dankbar, dass sie an jenem lang vergangenen Tag den Fluch der Langeweile gebrochen hat.
13. Jetzt ist sie tot.

Kapitel drei

Ich verließ das Haus so schnell ich konnte und hielt nur kurz an, um die Tür hinter mir abzuschließen. Das dauerte länger als gewöhnlich, weil meine Hände ein bisschen zitterten. Es kam mir in den Sinn, dass meine zitternden Hände ein erstes Anzeichen für eine Vergiftung sein konnten, und ich fragte mich, ob ich bald am ganzen Körper zittern würde, oder Gliederschmerzen einsetzten oder mein Haar ausfallen würde, oder ob irgendetwas Grauenhaftes mit meinen Augen und Lippen geschehen würde. Um mich zu beruhigen, rief ich mir in Erinnerung, dass das Zittern wahrscheinlich durch Aufregung und Nervosität und Rätsel und Furcht und Spannung hervorgerufen wurde. Das sind sehr viele Dinge, die man zur gleichen Zeit fühlt, und ich war so sehr damit beschäftigt, sie zu fühlen, dass ich, als mich jemand ansprach, so sehr erschrak, dass ich ungewollt mehrere Geräusche von mir gab – ein Ausdruck, der hier soviel bedeutet wie »unbeabsichtigte Töne«. Ungewollte Geräusche sind die, die ich am wenigsten gern von mir gebe. Wenn ich schon albern klinge, dann wenigstens absichtlich.

»Guten Morgen« war alles, was die Stimme sagte, und ich drehte mich um und sah meine Nachbarin mit einem Buch in der Hand auf ihrer Veranda sitzen. Für mich war es natürlich kein guter Morgen, jedenfalls nicht bis jetzt. Ich wollte meiner Nachbarin allerdings nicht erzählen, was mich beschäftigte. Ich kannte sie nicht so gut, und schon gar nicht gut genug, um ihr von der beunruhigenden Botschaft zu erzählen. Also antwortete ich nur: »Guten Morgen«, zwei Wörter, die mir immer den Eindruck vermitteln, dass alles in Ordnung ist. Wenn ich unter Fremden bin, an einer Bushaltestelle beispielsweise, oder in einem Fahrstuhl oder auf einer kleinen von Krokodilen belagerten Insel, und alle »guten Morgen« sagen, dann weiß ich, dass wir lauter zivilisierte Menschen sind und schon alles gut werden wird. Wir werden aus Palmblättern eine Zugbrücke bauen und sicher das andere Ufer erreichen, oder mit der Zahnseide, die einer von uns zufällig dabeihat, die Fahrstuhlseile reparieren, oder der Bus wird pünktlich kommen. Wenn ich als einziger »guten Morgen« sage und alle anderen nur zu Boden blicken und brummen, dann weiß ich, dass der Bus Feuer fangen wird und dann alle drängeln, um aus den Fenstern zu springen, oder im Fahrstuhl wird scheußliche Musik laufen und keiner traut sich, das zuzugeben, oder man erklärt mich zum Köder, ein Wort das hier »Person, die gefressen wird, während alle anderen entkommen« bedeutet, und deshalb erwiderte ich unverzüglich den Gruß meiner Nachbarin.

»Guten Morgen«, sagte ich.

»Was haben Sie vor, Lemony?«

Wie schon erwähnt mag ich es nicht, wenn man mich beim Vornamen nennt, es sei denn, ich bitte jemanden darum. Schon als kleines Kind war es mir lieber, wenn man mich »Mr. Snicket« oder sogar »Meister Snicket« nannte, ein Ausdruck, den manche Leute bei kleinen Jungen verwenden und der zusätzlich den Vorteil hat, dass es die Person, die es sagt, wie einen Diener klingen lässt.

»Ich muss mich um ein paar Dinge kümmern«, erklärte ich ihr.

»Besorgungen?«

»In gewisser Hinsicht«, antwortete ich mit meiner liebsten Methode, »Nein, Sie irren sich« zu sagen.

»Als Sie die Tür öffneten, haben Sie in alle Richtungen geschaut«, sagte sie. »Ich dachte, vielleicht haben Sie etwas verloren. Haben Sie etwas verloren?«

»Mein Leben, vielleicht«, wollte ich sagen, antwortete ihr aber stattdessen, »ich hoffe nicht«.

»Jemand verliert etwas«, sagte sie nachdenklich. »Jemand hat mir einmal gesagt, alle Geschichten kann man mit *jemand verliert etwas* zusammenfassen.«

»Ich habe gehört, es wäre entweder jemand geht auf eine Reise oder ein Fremder kommt in die Stadt.«

»Aber das ist beides dieselbe Geschichte«, sagte meine Nachbarin. »Wenn ein Fremder in die Stadt kommt, dann bedeutet das, dass jemand auf eine Reise gegangen ist.«

Ich ließ den Mann, der den Hügel hinunterging, nicht aus den Augen. »Da wir gerade davon sprechen«, sagte ich. »Haben Sie in letzter Zeit hier irgendwelche Fremden bemerkt? Jemanden hier vor meiner Tür, zum Beispiel.«

»Ich bin mir nicht sicher«, antwortete meine Nachbarin. »Um ehrlich zu sein, war ich in mein Buch vertieft.«

»Was lesen Sie denn?«, musste ich sie einfach fragen. Trotz meiner Eile war ich neugierig, denn ich möchte immer sehen, welches Buch jemand in der Hand hält, und als sie mir das Buch zeigte, da kam es mir vor, als wäre es ein Magnet und ich eine Büroklammer, die darauf zustürzt. »Ich liebe dieses Buch sehr«, sagte ich.

»Tatsächlich?«, antwortete sie. »Bis jetzt gefällt es mir.«

»Sie haben es vorher noch nie gelesen?«

»Nein«, sagte sie.

»Ich beneide sie«, sagte ich ihr und ging, und das stimmte auch. Es ist die Sorte Buch, die so großartig ist, dass es einem fast leidtut, wenn man es das erste Mal zu Ende liest, weil man es niemals wieder zum ersten Mal lesen kann. Es kribbelte mich förmlich bei dem Gedanken, wie ich es zum ersten Mal las, als es mir eine Bibliothekarin, die ich kenne, in die Hände schob. Manche Bibliothekare sind so vertrauenswürdig und so interessant, dass man weiß, dass jedes Buch, das sie empfehlen, die Zeit wert ist, und deshalb fing ich es zu lesen an, noch bevor ich nach Hause gegangen war. Als ich das Buch aufschlug und das erste Mal las, stand ich an einer Straßenecke und wartete, dass die Ampel grün wurde.

Das Buch handelt von einer Familie – einem Vater mit vier Kindern, der Jahre nach dem Tod seiner Ehefrau (und Mutter der Kinder) eine Frau mit einer Tochter heiratet. David, der Held der Geschichte, ist das älteste der vier Kinder, und die Tochter, Davids neue Stiefschwester, ist ein ziemlich geheimnisvolles Mädchen, das sich für Okkultes interessiert, was ein Wort ist für Hexerei und Geister und andere Dinge, die Bücher interessanter machen. Schon bald spukt im Haus der Familie ein Poltergeist, ein Wort, das hier bedeutet »entweder ein lärmendes Gespenst oder eine Stiefschwester, die Streiche spielt«, und David versucht herauszufinden, welches von beiden es ist. Für David ist es ziemlich schwierig und beängstigend, das Rätsel zu lösen, aber er findet, dass er dafür verantwortlich ist. Er ist der bewundernswerte Typ Mensch, der Sachen in Ordnung bringen möchte, damit die Welt so übersichtlich wird wie nur möglich. »Davids Anhaltspunkte und Ahnungen ließen allesamt darauf schließen«, heißt es an einer Stelle, die ich besonders mag, »dass er auf alles vorbereitet sein sollte, und er glaubte, dass er das war; er hoffte es jedenfalls.«

Im Buch scheint der Poltergeist mal das eine und mal das andere zu sein, und nachts passieren unheimliche Sachen, die einen auch gruseln, wenn man sie an einem sonnigen Tag auf dem Heimweg von der Bücherei liest. Es ist ein aufregendes Buch, aber auch ein nachdenkliches, denn der Geschichte gelingt es, vom schwierigen Leben in einem Haus, in dem es spukt und gleichzeitig vom schwierigen Zusammenleben mit neuen Menschen zu erzählen, und während ich die Straße hinunterging, dachte ich an meine Nachbarin auf ihrer Veranda, die es zum ersten Mal las, obwohl ich meine Nachbarin nicht mehr sehen konnte, ebenso wenig wie ich mich als Kind sehen konnte, das an der Straßenecke stand und es zum ersten Mal las, also war es, als wären zwei unsichtbare Menschen mit dabei, während ich weiterging. Man könnte sie Geister nennen, aber es war natürlich so etwas wie ein Trick, sie so zu nennen und ich glaube, es war Absicht, dass die Leserinnen und Leser des Buchs darüber nachdenken sollen – ob es, wenn man über Menschen nachdachte und von ihnen heimgesucht wurde, dasselbe war, wie wenn man von einem Geist heimgesucht wurde. Ich dachte über meine Nachbarin nach, die beim Lesen vielleicht über dieselben Dinge nachdachte, und auch an die Autorin des Buchs, die sich möglicherweise darüber freuen würde, dass zwei Personen genau über das nachdachten, worüber sie wollte, dass wir nachdachten, sodass ihr Werk, obwohl die Autorin tot ist, die Menschen immer noch heimsucht, was bedeuten könnte, dass auch sie ein Geist war. Und ich dachte weiter an Leute, die aus der Welt gegangen sind, während ich die Straße hinunterging, genau wie ich die Straße hinuntergegangen war und über solche Dinge nachgedacht hatte, als ich das Buch zum ersten Mal las, und ich bog um eine Ecke und sah, dass der Mann, dem ich folgte – der Fremde und vielleicht sogar der Mensch, der mich vergiftet hatte, weg war.

Er war verschwunden, obwohl ich nicht weiß, ob »verschwunden« das passende Wort ist. Er hatte einfach einen anderen Weg eingeschlagen – war um eine Ecke gebogen oder in ein Haus gegangen –, den ich nicht sehen konnte. Ich konnte auch sonst niemanden auf der Straße sehen, keinen einzigen Menschen, aber das bedeutete nicht, dass alle Menschen der Welt verschwunden waren.

Es bedeutete nur, dass ich zufällig nicht wusste, wo sie waren. Also war auch dieser Mann nicht verschwunden, sondern ich wusste nicht, wo er war, und ich wusste nicht, was ich tun sollte. Das war beunruhigend.

Ich stand auf dem Gehweg und lehnte den Kopf gegen ein Schild, das mir sagte, ich solle einen *Stop* einlegen. Ich nahm meinen Stift aus der Tasche und schrieb »der Fremde ist verschwunden« auf einen Zettel, aber ich fühlte mich deswegen kein bisschen besser. Ich fühlte mich ziemlich verloren. Verlaufen hatte ich mich natürlich nicht – ich war nur wenige Blocks von zu Hause entfernt –, aber ich fühlte mich verloren, weil es mir so vorkam, als wäre der Mann verschwunden, obwohl er nur irgendwo war, wo ich ihn nicht sehen konnte, und deshalb musste ich für einen Moment still stehenbleiben und die Augen kurz zusammenkneifen, während ich nachdachte, was ich als nächstes tun sollte.

Wie es sich trifft, lässt sich durch Stillstehen und die Augen zukneifen ein bestimmtes Prinzip der Philosophie perfekt verdeutlichen. Es ist ein Paradoxon, das sich Zenon von Elea ausgedacht hat. Zenon war ein Philosoph der griechischen Antike, der von Leuten, die seine Ideen nicht mochten, gefoltert wurde. Heute werden Philosophen so gut wie nie gefoltert, weil die meisten Leute sie ohnehin nicht beachten, und es lässt sich schwer sagen, was für die Philosophie und die Menschen, die sie betreiben, schlimmer ist – gefoltert oder nicht beachtet zu werden.

Ein Paradoxon ist jedenfalls etwas, das möglich ist und gleichzeitig unmöglich, und dieses Paradoxon sagt, dass wir uns nur dann von einem Ort zum anderen bewegen können, wenn wir zuerst den halben Weg dorthin zurücklegen, was einleuchtet. Steht man zum Beispiel im Park an einer Lampe und möchte zu einer Bank hinübergehen wie in der folgenden Abbildung:

dann muss man erst den halben Weg dorthin gehen, was die Illustratorin mit einem Apfel kennzeichnet, weil sie hungrig ist:

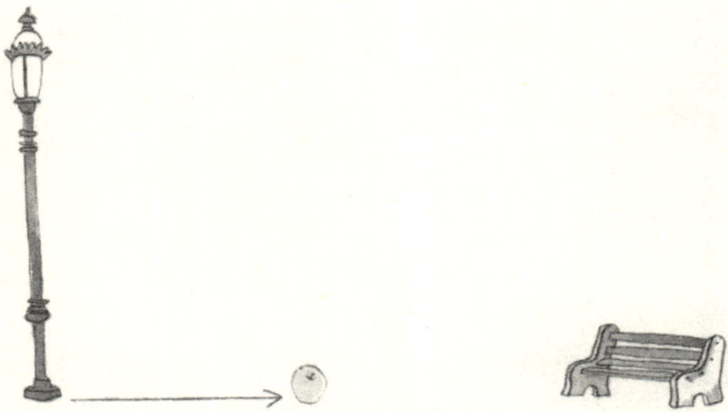

Um allerdings bis zum Apfel zu kommen, muss man auch zuerst einmal den halben Weg dorthin zurücklegen:

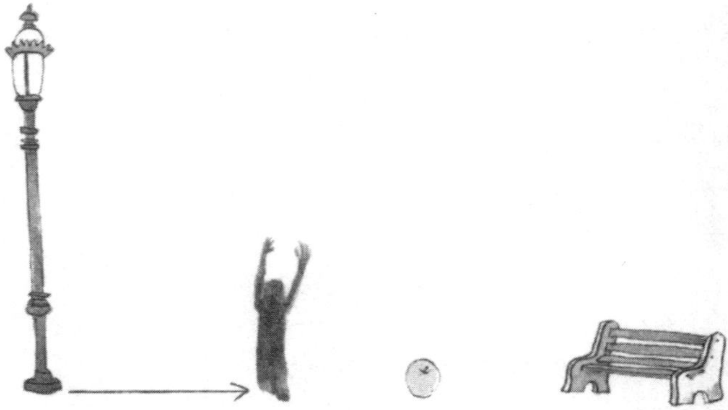

was die Illustratorin mit einem rätselhaften Schatten gekennzeichnet hat, weil sie nicht nur hungrig ist, sondern auch argwöhnisch. Und um bis zu dem rätselhaften Schatten zu gehen, muss man natürlich zuerst den halben Weg dorthin zurücklegen:

was hier mit einem Taschentuch gekennzeichnet ist, weil die Illustratorin eine Erkältung hat, und man kann diese Entfernung immer weiter halbieren und kommt nie irgendwo an, bevor man nicht den halben Weg geschafft hat, und den halben Weg zur Hälfte geschafft hat, und den halben Weg zur Hälfte halb geschafft hat, und das ist das Paradoxon: Niemand kommt jemals irgendwo an, und trotzdem sind die Leute ständig unterwegs. Sie gehen auf Reisen. Fremde kommen in die Stadt. Wenn Sie jetzt von diesem Buch aufschauen, dann sehen oder hören Sie möglicherweise jemanden, der irgendwo hingeht, obwohl er zuerst einmal den halben Weg dorthin gehen muss, und die Hälfte des halben Weges, und es macht einen fassungslos, sich das vorzustellen.

Ich stand da, blinzelte und dachte für einen Moment nach, und dann beschloss ich, einen neuen Plan zu machen. Der Fremde war verschwunden, wer immer er war und was immer das bedeutete, und damit war mein Plan, ihn zu verfolgen, nutzlos. Aber ich hatte immer noch die Botschaft in der Tasche, nur ein bisschen zerknittert, und im Körper das Gift von meinem Frühstück:

Tee
mit Honig,
eine Scheibe Toast
mit Käse,
eine aufgeschnittene Birne
und ein perfekt zubereitetes Ei,

und ich ordnete diese Dinge in meinem Kopf an, als wären sie Mordverdächtige in einem Krimi. Und vielleicht waren sie das auch, dachte ich. Wenn ich Gift zum Frühstück gegessen hatte, dann musste dieses Gift in einem dieser Dinge gewesen sein, die allesamt in meiner Nachbarschaft eingekauft worden waren. Ich beschloss, die Orte zu besuchen, wo die einzelnen Bestandteile des Frühstücks –

Tee
mit Honig,
eine Scheibe Toast
mit Käse,
eine aufgeschnittene Birne
und ein perfekt zubereitetes Ei,

– in mein Leben getreten waren. Einer dieser Orte musste der Schauplatz des Verbrechens sein.

Ich ging schnell die Straße hinunter und war froh, dass ich einen neuen Plan hatte, aber ansonsten war ich traurig, weil ich mein Frühstück sehr gern mochte, alles daran, und ich bin mir sicher, Sie können sich vorstellen, wie es sich anfühlt, wenn man einen Bestandteil seines üblichen Frühstücks verdächtigt, sich gegen einen verschworen zu haben, ganz egal, wie dieses übliche Frühstück aussieht. Unterschiedliche Menschen frühstücken auf unterschiedliche Weise und haben unterschiedliche Vorstellungen von ihrem Essen. Die mir bekannte Schuhmacherin beispielsweise führte mich, als ich noch ein Kind war, gerne zum Abendessen aus. Meine Familie hatte mir beigebracht, alles auf meinem Teller zu essen, besonders in einem Restaurant, wo das Essen teurer ist, und deshalb aß ich, wenn mich die Schuhmacherin ausführte, alles pflichtschuldig bis zum letzten Bissen auf. Die Schuhmacherin jedoch sah das anders. Sie dachte, wenn man jemanden zum Abendessen einlädt, könne man nur sicher sein, dass die Person satt ist, wenn etwas auf ihrem Teller übrig geblieben ist, weil man nur so sicher sein konnte, dass die Person keinen Hunger mehr hat. Wenn ich also meinen Teller leer aß, rief sie den Kellner und bestellte ein weiteres Gericht, wie es bei ihr Sitte war, und wie es bei mir Sitte war, aß ich alles bis zum letzten Bissen auf, und dann bestellte sie noch etwas, und ich aß immer weiter, und sie bestellte immer weiter, und auch das war wie ein Paradoxon, in dem ich (ihrer Ansicht nach) immer noch Hunger hatte und (meiner Ansicht nach) gleichzeitig sehr satt war.

Als die Schuhmacherin alt war und im Sterben lag, saß ich bei ihr am Bett und erinnerte sie an diese Geschichte, und sie lächelte. Sie war schon sehr schwach und sprach fast nicht mehr, obwohl ich mich an einen Satz erinnern kann, den sie noch aussprechen konnte, wenige Tage bevor sie starb. Eine andere Bekannte der Schuhmacherin hatte einen Hund mitgebracht, um sie aufzumuntern. Die Hündin war freundlich und die Schuhmacherin hatte Hunde immer gemocht, aber an diesem Tag war sie nicht in der passenden Stimmung. Vielleicht war sie zu sehr mit dem Sterben beschäftigt, was, wie es aussah, eine sehr anstrengende Arbeit war. Die Besucherin hob die Hündin hoch und setzte sie der Schuhmacherin aufs Bett, und die Schuhmacherin blickte verwundert drein und kämpfte eine Minute lang mit ihrem schwächer werdenden Verstand und Mund, bis sie schließlich sagen konnte, was sie dachte.

»Bye bye Hündchen«, sagte sie.

Das murmelte ich vor mich hin, mit der Botschaft in der Tasche und dem neuen Plan im Kopf, während ich die kurvige Straße zu den Geschäften hinunterging, wo ich die Dinge für mein Frühstück eingekauft hatte. Alle meine Anhaltspunkte und Ahnungen ließen darauf schließen, dass ich auf alles vorbereitet sein sollte, und ich glaubte, dass ich das war. Ich hoffte es jedenfalls. Ich wollte nicht herumstehen, blinzelnd und vergiftet. Ich wollte mein Paradoxon, das mich fassungslos machte, hinter mir lassen. *Bye bye Hündchen.* Es war Zeit, irgendwo hinzugehen, auch wenn ich zuerst den halben Weg dorthin zurücklegen musste, und die Hälfte davon, und die Hälfte der Hälfte davon, bevor ich ankam.

Kapitel vier

Unvergleichlicher
TEE von ÜBERALL
auf der WELT

Das Teegeschäft war mein erstes Ziel, weil ich bis dort nur eine Minute zu gehen brauchte, oder sogar noch weniger, wenn ich mich beeilte, und das tat ich. Es war ein bisschen seltsam, zum Teegeschäft zu eilen, weil Tee trinken normalerweise das Gegenteil von eilen ist. Man kann Tee nicht gut schnell trinken, weil er heiß ist und vorher Zeit zum Ziehen braucht, und deshalb zwingt einen eine Tasse Tee, langsamer zu machen und nachzudenken, während man darauf wartet, dass er abkühlt und mehr Aroma bekommt. Ich beeilte mich, irgendwo hinzukommen, wo ich normalerweise langsamer machte.

Es war ein vertrautes Gefühl, irgendwo hinzueilen, ohne recht zu wissen, was los ist. Als ich ein Kind war, war das oft so, denn wenn man ein Kind ist, geht einen nichts etwas an, und man wird ständig von einem Ort zum anderen gezerrt ohne eine zufriedenstellende Erklärung von den Erwachsenen, die einen zerren, und deshalb gewöhnt man sich schnell an einen Zustand ständiger Fassungslosigkeit. Morgens wird man aus dem Schlaf gezerrt, oft noch bevor man aus dem Bett möchte, und man wird zum Frühstück gezerrt und dann weg vom Tisch, bevor man fertig ist. Vielleicht wird man zur Schule gezerrt, ob man nun in der Stimmung dafür ist oder nicht, und es könnte eine Schule sein, in der man von einem Raum zum andern gezerrt wird, um verschiedene Dinge zu lernen, oder eine, in der man in einem Raum bleibt und das Gehirn von einem Thema zum anderen gezerrt wird, ganz egal, woran man gerade denkt. Manchmal findet man das schön, manchmal nicht, aber nie gibt es eine zufriedenstellende Antwort, wenn man fragt *Warum kann ich nicht noch ein bisschen im Bett bleiben und das Gedicht lesen, wo das Meer eine »reine Messerangelegenheit« ist?* oder *Könnte ich nicht stattdessen noch ein bisschen mehr Toast essen und dieses Kapitel zu Ende lesen?* oder *Aus welchem Grund muss ich auf die Tafel starren, anstatt aus dem Fenster zu sehen, wo der Regen überall auf dem Boden ganz flink kleine Kreise malt?* Und selbst jetzt wo ich erwachsen bin und manchmal selbst solche Fragen gestellt bekomme, wo ich die Hand ausstrecke und jemanden irgendwo hinzerre, habe ich keine gute Antwort.

Seit einem Film, den ich als Kind auf einem Gerät in meinem Wohnzimmer anschaute, komme ich viel besser damit zurecht, dass ich nicht weiß, was geschieht. Die Heldin des Films war eine junge Frau namens Eve, die in einer verregneten Stadt ankommt, und zwar in einem prächtigen Abendkleid, aber mit sonst nichts, ohne Geld in ihrer Handtasche. Das ist irritierend.

Sie hält ein Taxi an und fragt den Fahrer, ob er sie ohne Bezahlung den ganzen Abend in der Stadt herumfährt, während sie nach einer Stelle als Nachtklub-Sängerin sucht. Er willigt ein. Und wenn eine Frau in einem Film Nachtklub-Sängerin werden will, dann gelingt ihr das normalerweise auch. In diesem Fall ist sie allerdings eine schreckliche Sängerin, und das ist irritierend.

Der Taxifahrer hat Verständnis und bietet Eve an, sie könne über Nacht in seiner Wohnung bleiben. Sie mag ihn zwar, will aber nicht bei ihm übernachten und springt bei Nacht und Regen aus seinem Taxi. Sie hat immer noch ihr prächtiges Abendkleid an und findet Unterschlupf, indem sie sich uneingeladen auf eine feine Party einschleicht und als Baroness vorstellt, ein Wort für jemand Adligen, was Eve ganz gewiss nicht ist. Einige Partygäste laden sie ein zum Spielen, und sie willigt ein, weil sie hofft, etwas Geld zu gewinnen, und weil Eve im Film bis jetzt so oft gescheitert ist, könnte man denken, dass sie beim Spielen gewinnt, aber stattdessen verliert sie, was irritierend ist, dafür aber realistischer.

Jetzt muss Eve den Partygästen, die sie Baroness nennen, was sie nicht ist, Geld bezahlen, das sie nicht hat, aber als sie die Handtasche aufmacht, findet sie jede Menge Geld darin. Das ist irritierend, und sie ist irritiert, aber sie gibt den Gästen das Geld – auch einem jungen Mann, der es sich nicht ausreden lässt, sie von der Party dorthin zu bringen, wo auch immer eine Baroness wohnt. Eve wohnt natürlich nirgends, aber sie nennt ein feines Hotel, wie es eine Baroness wohl wählen würde, und als der junge Mann sie dorthin bringt, wird sie mit Namen begrüßt – nicht mit ihrem eigenen Namen Eve, sondern dem Namen einer Baroness, was irritierend ist – und sie bekommt den Schlüssel zu einem riesigen, prächtigen Zimmer, das einer Baroness angemessen ist.

Das ist so irritierend, dass sie schlafen geht, und am Morgen klopft es an der Tür, und das ist das Irritierendste von allem, weil in diesem Moment Erwachsene ins Zimmer kamen und mich fragten, was in aller Welt ich da ansähe, und mich zu einem Ort zerrten, an den ich mich nicht erinnern kann, aus einem Grund, den ich nicht weiß. Ich kam gut _damit zurecht, denn ich wusste zwar nicht, was geschieht, genau wie die Heldin in diesem Film, doch sie schien Spaß dabei zu haben und ich hatte Spaß, ihre Erlebnisse zu verfolgen.

Wenn ich fortan irgendwo hingezerrt wurde, dann dachte ich, vielleicht werde ich mit einer Baroness verwechselt und kann etwas Aufregendes erleben. Seither hatte ich viele aufregende Erlebnisse, wie Sie vielleicht aus meinen Büchern wissen, aber ich bin nie mit einer Baroness verwechselt worden, und während ich auf das Teegeschäft zuging, dachte ich, wenn ich wirklich vergiftet worden war, dann würde ich wahrscheinlich niemals mit einer Baroness verwechselt werden, denn jetzt blieb nur noch Zeit dafür, herauszufinden, was mit meinem Frühstück passiert war. In dieser Hinsicht enthält der Film sogar eine Warnung – eine Warnung, die Eve nervös macht, eine Warnung, dass selbst die aufregendsten Erlebnisse enden, häufig schlecht oder traurig.

Mein Teegeschäft hieß Unvergleichlicher Tee, ein Name, der mich immer irritiert hat. Das Wort »unvergleichlich«

bedeutet nur, dass man etwas nicht mit irgendetwas vergleichen kann, und obwohl es als Kompliment gedacht war – etwas soll so gut sein, dass man sich nichts anderes in der Art vorstellen kann – hörte es sich eher wie eine Lüge an. Aber natürlich hören sich viele Komplimente wie Lügen an. Nichts lässt einen schneller nach Spiegel und Kamm suchen wie die Aussage »Ihr Haar sieht schön aus«. Aber das Wort »unvergleichlich« macht mich ganz besonders argwöhnisch, weil ich ein Schriftsteller bin und es zu meiner Beschäftigung gehört, Dinge mit anderen zu vergleichen. Im Lauf der Jahre habe ich gelernt, fast alles mit fast allem zu vergleichen. Ich kann den Bleistift, mit dem ich diese Worte schreibe (und diese Worte, und diese und diese) mit meinem Leben vergleichen, weil es manchmal scharf ist und manchmal stumpf, und weil es immer kürzer wird, je mehr ich es benutze, und weil von Dingen, die ich ausradieren will, trotzdem noch Spuren übrig bleiben. Ich kann meine Mutter mit einem Apfel vergleichen, weil sie Teile ihrer Kindheit auf einem Baum verbracht hat, und weil ich sie weniger gern hätte, wenn sie gebacken und mit Zimt bestreut wäre. Ich kann die Traurigkeit mit einem Auto vergleichen, denn sie können mich beide überfahren, und ich kann das Glück mit einem Erdferkel vergleichen, weil man beide früh morgens nur selten zu Gesicht bekommt, und ich kann die verschiedenen Tees, die bei Unvergleichlicher Tee verkauft werden, mit allen möglichen Dingen vergleichen, und das bedeutet, dass sie eigentlich nicht unvergleichlich sind. Da gibt es einen Tee, der schmeckt nach frisch gemähtem Gras und einen anderen, der nach Lagerfeuerrauch riecht. Es gibt einen Tee, der sich wie eine Blüte öffnet, wenn er mit heißem Wasser aufgebrüht wird und einen, der sich in lauter kleine Fäden auflöst wie ein schlechter Pullover. Es gibt Tees, die haben eine Farbe wie ein absterbender Farn, wie ein wütender Baum, wie ein aufregender Sturm oder wie Dung.

Ich wurde immer aufgeregter, je näher ich dem Teegeschäft kam. Ich habe immer Geschäfte bewundert, die nur eines verkaufen, weil das Genuss verspricht, so wie jemand, der acht Jahre lang Kuchenbacken lernt, einem wahrscheinlich einen guten Kuchen backen wird – jemand, der dagegen acht Jahre als Pilot und als Schneider und als Mathematiklehrer und als Bärendompteur im Zirkus zubringt, wird einen wahrscheinlich in dem Flugzeug, das er auf halsbrecherische Weise steuert, umbringen, während er ein schlecht passendes Hemd trägt, sich eines ungezogenen Bären erwehren muss und darauf beharrt, dass sieben mal sechs Mundharmonika ergibt. Ich war auf all die verschiedenen Sorten Tee gespannt, sorgsam verstaut in Gläsern und Schachteln und Dosen, ordentlich aufgereiht auf Regalen, die in leuchtenden Farben gestrichen waren. Ich freute mich schon darauf, an einem der kleinen Holztische des Ladens zu sitzen, die mich immer an quadratische Seerosenblätter auf einem einladenden Teich erinnern, und darauf zu warten, bis der Teekessel wie ein freundlicher Vulkan zu dampfen begann.

Das Teegeschäft betreibt ein Mann, der zu viel redet, und seine Tochter, die so gut wie gar nicht redet, sodass man alle Fragen zum Tee an den Teehändler seiner Wahl richten kann je nachdem, ob man zu einer Unterhaltung aufgelegt ist oder nicht. Jede Minute, dachte ich bei mir, musste ich an den glänzenden Glastüren von Unvergleichlicher Tee mit ihren kühlen Messinggriffen ankommen. Dort steht in gefälliger Schrift aufgemalt:

Unvergleichlicher Tee von

auf der einen Tür und

überall auf der Welt

auf der anderen, und es ist besonders gefällig, wenn jemand durch eine der beiden Türen geht, sodass aus der Botschaft wird:

Unvergleichlicher Tee von

einer alten Frau, oder zwei kahlköpfigen Männern

überall auf der Welt.

Innerhalb von Sekunden, dachte ich, würde ich selbst durch diese Türen gehen,

Unvergleichlicher Tee von

Lemony Snicket, und ich war mir sicher, dass man mir in diesem bewundernswerten Geschäft bei meinen Nachforschungen behilflich sein würde.

So ein Teegeschäft, dachte ich, führt vielleicht sogar ein Gegenmittel gegen das Gift, das ich zu mir genommen hatte, irgendeine dampfende Tinktur, die mich vor dem Tod bewahrt.

Aber als ich am Geschäft ankam, hing dort an der Tür ein Holzschild, sodass dort stand

Geschlossen
überall auf der Welt.

Vor Jahren hörte ich in einem Flughafengebäude etwas um mich flattern, und ich drehte mich um und sah einen kleinen Vogel. Er war klein und braun, vielleicht ein Spatz, und er wirkte, mitten in einem Gebäude anstatt mitten am Himmel, ziemlich verängstigt. Wer weiß, wie er hereingekommen war – durch ein offenes Fenster vielleicht, oder durch eine Tür für Passagiere – aber nun war er gefangen. Er flog herum in einem Gebäude, das dazu gebaut worden war, um Menschen zum Fliegen zu verhelfen, und konnte nicht hinausfliegen zu dem ganzen Himmel, der dort wartete. Ich frage mich oft, wie es dem traurigen kleinen Vogel ergangen ist und werde es nie erfahren. Ich hoffe, dass er ein anderes Fenster oder eine andere Tür gefunden hat und irgendwo himmlische Abenteuer erlebt. Vielleicht hat man ihn ja mit einer Baroness verwechselt. Es scheint mir aber wahrscheinlicher, dass er dauerhaft dort feststeckte. Im Leben kommt es einem manchmal vor, als würde man feststecken, mögen da noch so viele wunderbare Geschäfte und jede Menge Himmel in der Nähe sein. Die Welt um einen herum kann weit offen sein, aber man fühlt sich

Geschlossen
überall auf der Welt.

Oder, wie in einem Film gesagt wurde, den ich vor langer Zeit sah: »Für jedes Aschenputtel wird es irgendwann Mitternacht.« Sie wissen wahrscheinlich, wer Aschenputtel ist, natürlich – eine normale Person wie Eve, die sich plötzlich in eine prächtig gekleidete Adlige verwandelt. Das dauert aber nur an bis Mitternacht, und dann steckt Aschenputtel wieder fest und muss hinter ihren Stiefschwestern sauber machen. Ihr Abenteuer ist vorbei, zumindest fürs Erste.

Ich stand vor dem Geschäft, das »Geschlossen« war und blickte mich um und fragte mich, aufs Neue fassungslos, ob mein Abenteuer so schnell vorüber war. Ich war kein besonders guter Detektiv, jedenfalls keiner von der Sorte, die der Held in einem Krimi ist. In den meisten derartigen Geschichten wird die Person, die das Verbrechen untersucht, immer näher an die Lösung des Rätsels geführt. Der Detektiv könnte eine Person durch die Straßen verfolgen und zu einem interessanten Ort geführt werden, an dem viele Geheimnisse zu entdecken sind. Ich habe bereits solche Erlebnisse gehabt, wie Sie vielleicht gelesen haben. Aber dies hier ist eine andere Art von Buch, beschreibt eine andere Art von Tag. Ich hatte versucht, jemandem zu folgen, aber er war verschwunden, und nun war auch mein erster interessanter Ort Geschlossen, seine Geheimnisse drinnen eingesperrt. Es war überhaupt nicht wie in einem Krimi. Es war – wie war es denn? Mein Geist suchte hastend nach Worten, aber keines klang nach einer angemessenen Beschreibung dafür, wie ich mich fühlte, bis ich schließlich wusste, was ich meinte.

Es war unvergleichlich.

Kapitel fünf

Ich blieb noch für ungefähr eine Minute an der Geschlossenen Tür des Geschlossenen Teegeschäfts stehen. Ich hatte die auf wagemutige Weise sprunghaften Öffnungszeiten von Unvergleichlicher Tee immer bewundert, ein Ausdruck, der hier bedeutet, dass niemand wusste, wann das Geschäft geöffnet sein würde. Es war ungewöhnlich, ein Geschäft so zu führen, und auch ein bisschen mutig. Gerade deshalb hatte ich gehofft, dass die Teehändler so außergewöhnlich und mutig wären, um mir zu helfen, aber jetzt stand ich einfach nur vor der verschlossenen Tür und kam mir deplatziert vor, ein Ausdruck, der hier bedeutet »als wäre ich am falschen Ort«. Jeder fühlt sich manchmal so, und manche Leute kommen sich ständig so vor.

»Heimisch« andererseits bezeichnet etwas oder jemanden mit einer engen Verbindung zu einem bestimmten Ort, wie die heimischen Vögel, die um mich herum zwitscherten. Die Vögel schien es nicht zu kümmern, dass das Teegeschäft geschlossen war oder dass ich vergiftet worden war, und sie flitzten herum und führten auf verschiedenen Ästen und Gebüschen, die den Gehweg säumten, Unterhaltungen auf ihre Weise. Sie gehörten verschiedenen Arten an, und alle waren mir aus der Gegend vertraut, obwohl ich ihre Namen nicht kannte. Es hat mich nie besonders interessiert, die Namen der Vogelarten zu lernen, weil man natürlich gar nicht ihre wirklichen Namen lernt, sondern nur die Namen, die wir ihnen geben. Wenn uns jemand seinen Namen nennt, dann sagt er, wie er genannt werden möchte, aber eine Gans oder ein Spatz zum Beispiel wären höchstwahrscheinlich irritiert, wenn sie wüssten, dass wir sie so nennen. »Rotbrust-Blauschwanz?«, würde ein Rotbrust-Blauschwanz wahrscheinlich erstaunt wiederholen. »Aber das ist nicht mein Name. Und warum dieses Augenmerk auf meine Brust? Das schickt sich nicht.«

Die Vögel in der Nähe des Teegeschäfts schienen miteinander zu reden, und ich fragte mich, ob verschiedene Vogelarten verschiedene Sprachen sprechen, oder ob sich das nur so anhört, oder ob »Sprache« überhaupt das richtige Wort für die Geräusche war, die ich hörte. Manche Menschen nennen es »Gesang«, als würden Vögel eine Musikdarbietung geben, anstatt miteinander zu sprechen, was wie eine ziemlich ichbezogene Sichtweise erscheint, ein Ausdruck, der hier bedeutet »die selbstsüchtige Art, wie wir Menschen oft über Tiere denken«. Viele Menschen glauben zum Beispiel an die Reinkarnation, also die Vorstellung, dass man, wenn man stirbt, als neue Person oder als ein anderes Tier wiedergeboren wird, und viele Menschen, die an die Reinkarnation glauben, sind davon überzeugt, dass ein Mensch die höchste Form darstellt, das Beste, das man sein kann, wenn man wiedergeboren wird. Ich war nie davon überzeugt. Ich schaute die Vögel an. Sie schienen nicht zu denken, ich wäre die höchste Form, und auch kein anderes Wesen, das ich je angesehen habe, hat das getan, und ihr Gezwitscher schien nicht zu meiner Unterhaltung gedacht.

Einige Vögel gehörten zu einer Art, die ich einmal direkt vor einem Gebäude sah, in dem ich mich versteckte. Dort war eine große kahle Fläche, wo das Gras abgestorben war, und einige dieser Vögel saßen auf der Erde, zappelten und flatterten mit den Flügeln, um sich schmutzig zu machen. Ich hatte das noch nie gesehen und dachte, die Vögel wären vielleicht irgendwie in Schwierigkeiten. Vielleicht waren sie krank, stellte ich mir vor, oder irgendwie verletzt. Obwohl ich nichts über Vögel weiß und nicht einmal ihren Namen kenne, dachte ich, ein Mensch wie ich könnte vielleicht helfen, und deshalb rief ich bei einer Organisation an, die sich um Tiere kümmert, die in der Gegend, wo ich mich versteckte, heimisch sind, und beschrieb der Expertin, die sich meldete, was ich sah. Sie antwortete mit einem Satz, den ich nie vergessen habe.

»Ja«, sagte sie, und ich wusste, dass sie dabei nickte. »Das machen die so.«

Das machen die so. Das war eine einfache und elegante Antwort auf meine Frage, und ich begriff, dass mir das Teegeschäft, obwohl es war, bei meiner Nachforschung ebenso einfach geholfen hatte. Auf dem Weg zu Unvergleichlicher Tee hatte ich darüber nachgedacht, wie hilfreich mir das Geschäft vermutlich in meiner giftigen Zwangslage sein würde, weshalb ich jetzt begriff, dass an meinem Teegeschäft überhaupt nichts Verdächtiges war. Ich wollte weitergehen zu der Imkerin, die mich mit dem Honig versorgte, der zu meinem gewohnten Frühstück gehörte. Sie arbeitete in der Nähe, genau wie ihre Bienen – beide waren in der Gegend heimisch – und weil ich sie seit Jahren kannte, verdächtigte ich sie nicht, eine Giftmörderin zu sein, aber vielleicht hatte sie ja etwas Unstatthaftes bemerkt, ein Wort, das hier bedeutet »verkehrt mit dem Honig, den sie mir verkauft hatte.« Ich wusste, dass sie gewissenhaft und aufmerksam war. Die Honiggläser, die sie verkaufte, waren alle sorgsam mit Etiketten mit der Aufschrift *Ein Sirup der Bienen* versehen, dem Namen ihres Betriebs und Titel eines Buches, das ich gelesen habe. Der Autor von *Ein Sirup der Bienen* ist F.W. Bain, obwohl »Autor« nicht ganz das passende Wort ist. Eine Anzahl von Büchern trägt F.W. Bains Namen auf dem Einband, alle mit interessanten Titeln – *Ein Sirup der Bienen, Eine Ziffer des Mondes, Blasen im Schaum, Wesen des Staubes* – und alle übersetzt, und zwar von F.W. Bain aus alten Manuskripten, ursprünglich verfasst von unbekannten Autoren auf Sanskrit, einer in Indien gebräuchlichen Sprache. F.W. Bain versieht seine Übersetzungen mit Anmerkungen und

Erklärungen, was ich hilfreich fand, als ich *Ein Sirup der Bienen* las, welches, wenn man nicht mit alten Manuskripten in Sanskrit vertraut ist, ein sehr merkwürdiges Buch ist, und ein passendes Buch, um darüber nachzudenken, während man auf dem Weg zu einer Imkerin ist.

Die Geschichte handelt von einem König namens Mahidhara, der eine Art Zauberer ist, und er hat hundert Töchter, die ebenfalls Zauberinnen sind. Mahidhara beschließt, dass seine Töchter heiraten sollen und er veranstaltet eine Art Party, die hundert Tage andauert, mit Gästen aus dem ganzen Königreich, sodass sich jeden Tag, in der Reihenfolge der Geburt, eine Tochter einen Gatten wählt. Das geht neunundneunzig Tage lang gut, aber dann weigert sich die jüngste Tochter, an dieser Eheanbahnungsparty teilzunehmen. Ihr Name ist Makarandiká, was, wie F. W. Bain erklärt, »eine aus dem Honig oder Sirup der Blumen Erschaffene« bedeutet. Mahidhara und Makarandiká geraten in Streit, und die Tochter verwandelt sich kraft ihrer Magie in einen Seevogel, damit sie eine Weile herumfliegen und sich beruhigen kann, eine Fähigkeit, die ich mir während eines Streits häufig wünsche.

Etwas entfernt lebt ein anderer König namens Arunodaya, und Makarandiká schwingt sich herab, um ihm zuzuhören, während er sich gegen eine Brüstung lehnt, was ein hochtrabendes Wort für einen Balkon ist, und sich mit einem Freund unterhält. Arunodaya glaubt an Reinkarnation, und in seinem letzten Leben, glaubt er, war er ebenfalls ein Mensch, und mit einer wundervollen Frau verheiratet, und er möchte diese Frau, die ebenfalls wiedergeboren wurde, wiederfinden. Das Problem ist, erklärt Arunodaya an der Brüstung, dass er sich an sein voriges Leben – und die wundervolle Frau – eigentlich nicht erinnert und deshalb nicht weiß, wie er sie finden soll. Das Einzige, woran er sich wirklich erinnert, ist, dass sie aus einer gebildeten Familie – oder wie F. W. Bain erklärt, dass es im Original auf Sanskrit heißt – »aus der Pandit-Klasse« stammt.

Makarandiká hat das alles gehört und aus irgendeinem Grund beschlossen, dass sie Arunodaya liebt. Immer noch als Seevogel spricht sie ihn an und erklärt, sie sei eine Götterbotin und die Frau, nach der er suche, würde in einer bestimmten Nacht bei einer nahen Tempelruine erscheinen. Voller Eifer willigt er ein, dort hinzugehen, und natürlich taucht Makarandiká dort am Tempel auf und präsentiert sich als Reinkarnation seiner Gattin, einer Frau aus der Pandit-Klasse, was sie nicht ist. Sie heiraten und alles geht ein paar Jahre lang gut, bis Makarandiká das Falsche sagt.

Das Buch kam mir wie schon gesagt merkwürdig vor, und ich war F. W. Bain dankbar, dass er die Sanskrit-Geschichte mit seinen verschiedenen Anmerkungen und Erklärungen weniger fassungslos machend gemacht hatte, als ich sie damals las und nun darüber nachdachte. Das Wort *Pandit* zum Beispiel hätte mich irritiert, wenn F. W. Bain es mir nicht erklärt hätte, weil mir das Wort vor *Ein Sirup der Bienen* nur als Teil des Namens eines Mannes begegnet war, den ich ebenfalls irritierend fand. Er hieß Korla Pandit und war ein Musiker, der von Zeit zu Zeit auf einem Bildschirm in meinem Wohnzimmer auftauchte. Als ich mich der Straßenecke näherte, wo die Imkerin normalerweise ihren Honig verkaufte, dachte ich an den unsichtbaren Sprecher, dessen ruhige und leise Stimme dann den Musiker vorstellte als Mann der Hindu-Religion aus der indischen Stadt Neu-Delhi, der an die Universalsprache der Musik glaubte. Dann erschien Korla Pandit mit einem großen juwelenbesetzten Turban, und dann spielte er ohne ein Wort zu sagen Orgel. Die Musik, die er spielte, fand ich merkwürdig, und es war merkwürdig, dass Korla Pandit niemals sprach und auch sonst wenig passierte. Manchmal tanzte jemand hinter ihm, oder es gab einen gemalten Hintergrund, der eine Küstenlandschaft oder das Innere eines Palastes darstellte, aber meistens spielte Korla Pandit nur die Orgel, ohne ein Wort zu sagen, und ich sah und hörte einfach zu. Musik wird oft als Universalsprache beschrieben, ein Ausdruck, der hier bedeutet, dass jeder sie verstehen kann, obwohl »Sprache« wie bei den Vögeln vielleicht nicht das richtige Wort ist, und wer weiß, ob irgendjemand, geschweige denn jeder, Musik wirklich verstehen kann. Ich starrte also auf Korla Pandit auf dem Bildschirm und dachte über diesen schweigenden Mann aus Indien nach, aber wer weiß, ob ich wirklich verstand, was das war, das er zu sagen versuchte?

Erst als Erwachsener kam ich auf die Idee, über Korla Pandit ein bisschen nachzuforschen, und was ich entdeckte, war sehr viel beunruhigender als das, was ich auf dem Bildschirm gesehen hatte. Korla Pandit war nicht Korla Pandit, und er war nicht aus Indien.

Sein wirklicher Name war John Redd, und er war in Amerika geboren worden. Er stellte einen indischen

Mann dar, allerdings nicht besonders genau – Hindus tragen normalerweise keinen Turban, und die Musik, die er spielte, war ebenso wenig indisch wie er selbst. Sein Schwindel erregte wenig Aufmerksamkeit, weil er in Amerika lebte, und die meisten Menschen in seinem Umfeld wussten damals sehr wenig über Indien und die Menschen, die dort lebten. Ein schweigender Mann mit einem Turban war offenbar ausreichend glaubwürdig. Ich stelle mir vor, dass er sich deplatziert vorgekommen sein musste, wo er sein ganzes Leben in einem betrügerischen Kostüm verbrachte. John Redd stammte von Menschen ab, die mit Gewalt nach Amerika gebracht und als Sklaven verkauft worden waren. Die Sklaverei wurde in Amerika mehr oder weniger beendet, aber nicht so rasch und mit der gebotenen Reue wie nötig, und selbst nach dem Ende der Sklaverei wurden die Nachfahren der Sklaven von vielen Menschen an vielen Orten schrecklich behandelt, voller Hass und Gewalt, was genau wie die Sklaverei eines Tages vielleicht enden wird, wenn auch nicht so rasch und mit der gebotenen Reue, wie es sich jeder anständige Mensch wünschen würde.

Zu John Redds Zeit durften Nachfahren von Sklaven in Amerika kaum einmal auf dem Bildschirm erscheinen, selbst wenn man sehr gut Orgel spielen konnte. Für John Redd war es daher leichter und sicherer, so zu tun, als käme er aus Indien.

Ich blieb stehen und seufzte, weil ich mich daran erinnerte, wie traurig und irritierend es für mich gewesen war, das zu erfahren. Wie viele andere auch hatte ich angenommen, dass Korla Pandit der war, als den ihn der ruhige und leise Sprecher vorstellte, und jetzt wusste ich nicht mehr über ihn, als die Menschen um ihn herum über Indien wussten. Kurz nach meinen Nachforschungen kam ich an einer Buchhandlung vorbei und sah im Schaufenster ein Buch mit dem Titel *Alles was Sie über Inder wissen ist falsch,* und weil ich mich bei dem, was ich über Korla Pandit wusste, sehr geirrt hatte, schien es etwas zu sein, dass ich lesen sollte.

Ich ging hinein, kaufte kurzerhand das Buch und schlug es eifrig auf, während ich die Straße entlang von der Buchhandlung zu einem kleinen Restaurant ging, wo ich mir zum Mittagessen ein Sandwich bestellte und weiterlas. Ich weiß noch, dass mir das Sandwich gespickt mit schicken kleinen Zahnstochern serviert wurde, damit es nicht auseinanderfiel, und ich war so von dem Buch fasziniert, dass ich beinahe einen der Zahnstocher verschluckte.

Das Buch ist allerdings gar nicht über Menschen aus Indien, wie ich angenommen hatte, sondern über Indianer, was im Englischen dasselbe Wort ist. Bei *Alles was Sie über Inder/Indianer wissen ist falsch* lag ich also falsch, weil es von in Amerika heimischen Menschen handelt, die Indianer genannt wurden von Menschen, die in Europa heimisch waren und in Amerika in dem Glauben ankamen, es läge woanders. Manchmal wird beschrieben, die Europäer hätten »Amerika entdeckt«, was irritierend ist, weil dort natürlich bereits Menschen lebten und deshalb ist das so, als würde ich bei Ihnen ins Haus kommen und erklären, ich hätte es entdeckt, einfach, weil ich zuvor nicht dort gewesen bin. In der Geschichte werden solche Besucher häufig als »Pioniere«

bezeichnet, aber Sie würden mich in einer solchen Situation wohl eher einen Einbrecher nennen.

Die ersten Unterhaltungen zwischen Menschen, die in Europa heimisch waren und Menschen, die in Amerika heimisch waren, müssen verwirrend gewesen sein:

Menschen, die in Europa heimisch sind: Entschuldigen Sie bitte, wir sind gerade aus Europa eingetroffen und sind uns ziemlich sicher, dass hier Indien ist.
Menschen, die in Amerika heimisch sind: Nein, hier ist nicht Indien. Das ist woanders.
MDIEHS: Wir werden Sie Indianer nennen.
MDIAHS: Wir haben unsere eigenen Namen, besten Dank.
MDIEHS: Wir haben ziemlich furchterregende Waffen und bestehen darauf.

Natürlich hat es sich höchstwahrscheinlich nicht so abgespielt. Die Menschen, die in Amerika heimisch sind, hatten höchstwahrscheinlich noch nicht von Indien gehört, also könnte man es sich so vorstellen:

MDIEHS: Hier ist Indien, nicht wahr?
MDIAHS: Was ist Indien?
MDIEHS: Ein weit entfernter Ort, den wir erreichen wollen.
MDIAHS: Nun, wir nennen das hier nicht Indien.
MDIEHS: Wir werden euch Indianer nennen.
MDIAHS: Wir haben unsere eigenen Namen, besten Dank.
usw.

aber so hat es sich wahrscheinlich auch nicht abgespielt, weil die beiden Gruppen nicht dieselbe Sprache sprachen, und deshalb kann man es sich so vorstellen:

MDIEHS: ????
MDIAHS: ????

was eine andere Möglichkeit ist, zu sagen, dass es sehr schwierig war, sich das vorzustellen, obwohl ich in *Alles was Sie über Inder/Indianer wissen ist falsch* viel über die Trauer und Wut gelesen habe, die viele in Amerika heimischen Menschen bis zum heutigen Tag empfinden. Sich die Vergangenheit vorzustellen kann ebenso schwierig sein, wie die Zukunft. Im Leben wie auch in irritierenden Büchern wäre es hilfreich, einen Autor zu haben, wenn das das richtige Wort ist, der uns alles erklärt, das uns fassungslos macht, in der Hoffnung, dass wir uns dann alle besser fühlen.

Schließlich traf ich bei der Imkerin ein; auf ihrem Tisch türmten sich sorgfältig beschriftete Gläser und sie stand inmitten anderer Händler, die alle Arten von Esswaren verkauften, ein Wort, das hier bedeutet »Dinge, die man isst«. Unsere Unterhaltung lief in etwa so:

Imkerin: Oh, hallo Mr. Snicket. So bald hatte ich Sie gar nicht erwartet. Ist Ihr Honig schon wieder aus?
Lemony Snicket: Guten Morgen. Ich habe noch jede Menge Honig, danke. Aber ich habe Grund zu der Annahme, dass etwas an meinem Frühstück heute Morgen unstatthaft war, und deshalb wollte ich Sie fragen, ob Ihnen etwas aufgefallen ist, das mir helfen könnte.

IM: Unstatthaft?
LS: Das ist ein Wort, das hier »verkehrt« bedeutet.
IM: Ich weiß, was »unstatthaft« bedeutet, Mr. Snicket. Aber warum haben Sie meinen Honig im Verdacht?
LS: Nun, das habe ich nicht unbedingt. Zum Frühstück hatte ich

Tee
mit Honig,
eine Scheibe Toast
mit Käse,
eine aufgeschnittene Birne
und ein perfekt zubereitetes Ei,

und ich habe Grund zu der Annahme, dass irgendwo in dieser Liste Gift lauert; deshalb untersuche ich das so gründlich wie ich kann, zumindest, bis das Gift zu wirken beginnt.

IM: Das klingt vernünftig. Ich hatte schon befürchtet, Sie hätten vielleicht den Honig im Verdacht, wegen seines Namens.
LS: Was meinen Sie damit?
IM: Nun, vielleicht wissen Sie nicht, dass *Ein Sirup der Bienen* auch der Titel eines Buches des Autoren F. W. Bain ist.
LS: Ich habe das Buch sogar gelesen, aber ich bin mir nicht sicher, ob »Autor« das richtige Wort ist.
IM: Ich bin mir nicht sicher, ob es ein richtiges Wort *überhaupt* gibt, Mr. Snicket. Ich war noch jung, als ich das Buch las, und ich fand das alte Sanskrit-Manu-

skript ziemlich faszinierend. Aber erst vor Kurzem habe ich daran gedacht, mal ein bisschen über F. W. Bain zu recherchieren, und ich war ziemlich fassungslos, als ich erfuhr, dass es keinerlei Beweise dafür gibt, dass *Ein Sirup der Bienen* wie auch die anderen Bücher von Mr. Bain aus alten Manuskripten aus Indien oder von sonst irgendwo übersetzt worden waren. Ich habe meinen Honig nach einer Schwindelei benannt.

LS: Warum hat er das getan?

IM: Nun, diese Bücher sind an Orten erschienen, wo die meisten Leute nur sehr wenig über das alte Indien und diejenigen, die dort lebten wussten. Ich denke, die Geschichten waren für manche Menschen ausreichend glaubwürdig, aber andere waren bestimmt irritiert, beschämt oder wütend darüber, solchen Unsinn zu lesen. Wie auch immer, auch wenn an F. W. Bain und seinen Büchern etwas fehlerhaft sein sollte – an meinem Honig ist nichts fehlerhaft, Mr. Snicket. Er stammt von denselben Bienen wie immer, und es scheint ihnen nichts auszumachen, dass ich ihn nehme und verkaufe, obwohl ich das nicht mit Sicherheit sagen kann, weil ich natürlich nicht ihre Sprache spreche.

LS: Nun, danke für Ihre Hilfe. Ich denke, ich werde die Nachforschungen über meinen Tee abschließen und mit den anderen Esswaren in meinem Frühstück weitermachen.

IM: Nicht so schnell, Mr. Snicket. Sie vergessen einen wichtigen Bestandteil Ihres Tees.

LS: Welchen Bestandteil? Lassen Sie mich einen Zettel

und einen Stift hervorholen, damit ich es mir aufschreiben kann.

IM: Ich gebe Ihnen einen Tipp,

und sie deutete hinter sich. Ich wusste sofort, was sie meinte, und schrieb es auf: *Wasser*. Wir waren nicht weit vom Ufer entfernt, und wenige Häuserblocks entfernt lag der Strand, wo sich mächtige Wellen an großen Felsen brachen und Möwen auf der Suche nach Nahrung kreischten. Natürlich kochte ich meinen Tee nicht mit Meerwasser, aber ich bedanke mich trotzdem bei der Imkerin, verabschiedete mich von ihr und ging den kurzen Weg zum Strand hinunter. Ich balancierte von einem Felsblock zum anderen und ging dabei der einen oder anderen Krabbe aus dem Weg, wobei mir eine von F. W. Bains Bemerkungen aus *Ein Sirup der Bienen* über die Krabben in Ceylon in den Sinn kam, einer Insel in der Nähe von Indien, die jetzt irgendwie anders heißt. »Sie laufen wie der Wind«, bemerkt er, »und springen über enorme Entfernungen und Abgründe, von einem Felsblock zum anderen, besser als jedes Pferd.« Wer weiß, ob das stimmt, und ob F. W. Bain jemals in Ceylon gewesen ist?

Ich stand auf einem Felsen, so nah an den Wellen, wie ich es eben wagte. Ich komme oft zu dieser Stelle, wo das Wasser tief und kalt ist und die Luft von Geräuschen erfüllt. Genau wie der See, an dem ich vor vielen Jahren die Gänse gefüttert hatte, war das Meer hier eine reine Messerangelegenheit, und ich starrte eine ganze Weile auf die funkelnden Wellen hinaus.

Wenn ich am Ufer stehe, muss ich immer an Menschen denken, die an neuen Orten ankommen, besonders als das Reisen noch sehr viel schwieriger war und sie nicht wussten, was sie erwartete – Menschen, die aus diesem oder jenem Grund ihre Heimatländer verließen und an fremden Ufern ankamen. Ich stamme auch von solchen Menschen ab. Durch meine Herkunft komme ich mir allezeit deplatziert vor, ganz egal, welchen verwirrenden Ort wir besuchen. Ich habe über solche Menschen geschrieben, und deshalb haben Sie vielleicht etwas über die Abenteuer und Schwierigkeiten gelesen, die diese Leute erlebten, als sie ihre Heimat zurückließen und in diese irritierende und häufig beängstigende Welt hinauszogen. Vielleicht gehören Sie ja auch zu uns, erforschen Ihr Leben, denken über die Welt nach und fühlen sich nirgends jemals heimisch. Manchmal verstellen wir uns, um uns für Menschen auszugeben, die wir nicht sind, um uns zu verstecken oder uns einzufügen, oder einfach um zu sehen, was passiert – in der Hoffnung, dass unsere Geheimnisse nicht aufgedeckt werden. Wir sind über die ganze Welt verstreut, und weil wir über die ganze Welt verstreut sind, verstehen wir uns untereinander nicht immer. Aber Menschen wie wir können versuchen, uns das vorzustellen und uns zu fühlen, als gehörten wir alle zu ein und derselben Organisation oder derselben Familie, obwohl wir nicht einmal dieselbe Sprache sprechen.

Um mich herum krächzten die Seevögel und ich musste daran denken, wie die Zauberin Makarandiká aus *Ein Sirup der Bienen* Arunodaya heiratet, der davon überzeugt ist, sie sei die Reinkarnation seiner Ehefrau aus der Pandit-Klasse, und sie das Falsche sagt und damit ihre Ehe und ihr Leben ruiniert. Sie wendet sich nämlich an ihren Gemahl und erklärt: »Wie kurz scheint es mir doch her, dass ich mich in Gestalt eines Seevogels dort auf der Brüstung niedergelassen habe«, und mit einem Mal begreift er den Schwindel, und dass sie jahrelang vorgegeben hat, jemand zu sein, der sie nicht ist. Aber warum tut sie das? Zunächst dachte ich, ihr Verhalten würde im Originalmanuskript auf Sanskrit mehr Sinn ergeben, aber inzwischen wusste ich, dass es ein solches Manuskript wahrscheinlich gar nicht gab. Mehr würde ich darüber vielleicht gar nicht mehr erfahren, dachte ich, mein ganzes Leben nicht, denn wer wusste schon, wie kurz mein ganzes Leben sein könnte wegen des Gifts?

Die Seevögel ließen sich auf einem Felsen nieder, dann flogen sie herum, ließen sich nieder und flogen dann wieder herum. Ich nahm an, dass sie hier heimisch waren, aber was mich betraf, waren sie alle Zauberer. Ich wusste nicht, wie sie hießen und wusste nicht einmal, was das sollte, auffliegen und hinsetzen, auffliegen und hinsetzen. Ich beobachtete sie eine ganze Weile und dachte über mein vergiftetes Frühstück und all meine unbeantworteten Fragen nach, und wusste so gut wie nichts über die Vögel vor meiner Nase. *Das machen die so.*

Ich sprang ins Wasser.

Kapitel sechs

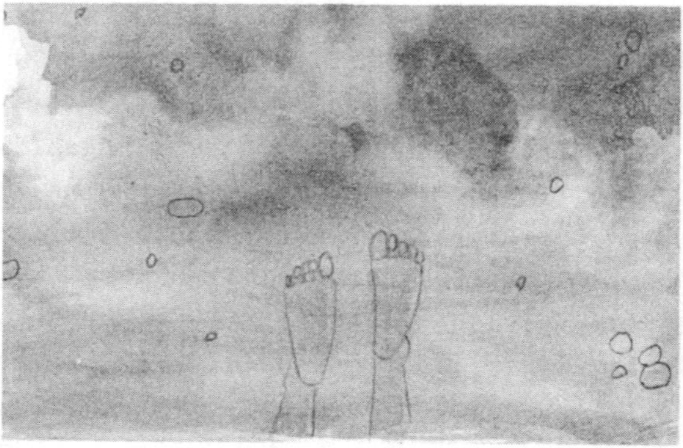

Es heißt, wenn man ein Buch schreibt, dann gibt es drei Regeln. Die erste Regel besagt, immer wieder ein Überraschungsmoment einzubringen, und ich fand es nie schwierig, diese Regel zu befolgen, weil das Leben so viele Überraschungen bereithält, dass die einzig wirkliche Überraschung im Leben ist, wenn nichts Überraschendes passiert. Vielleicht waren Sie überrascht, als Sie am Ende des vorigen Kapitels lasen, dass ich ins kalte und tosende Wasser sprang, was bedeutet, dass es mir gelungen ist, die erste Regel beim Schreiben eines Buches zu befolgen, aber um ehrlich zu sein war ich selbst genauso überrascht, dass ich mich ins Meer stürzte. Es war die Art von Entschluss, die man so schnell fällt, dass es sich gar nicht anfühlt, als würde man sich entschließen, sondern als hätte man sich schon entschlossen. In einem Augenblick stand ich auf dem Felsen und dachte daran, dass ich, wenn ich vergiftet wurde, wahrscheinlich nicht mehr viele Gelegenheiten hätte, hier an dieser Stelle schwimmen zu gehen, und im nächsten war ich schon im Wasser.

Die zweite Regel besagt, dass man in der Geschichte bestimmte Dinge weglassen soll. Diese Regel ist kniffliger zu befolgen als die erste, denn das Leben ist zwar voller Überraschungen, aber man kann keinen Teil davon weglassen. Alles, was einem geschieht, geschieht einem. Die Augenblicke des Lebens mögen häufig langweilig, manchmal anstrengend und gelegentlich spannend sein, aber sie sind allesamt unüberspringbar. In einem Buch hingegen kann man alle Teile überspringen, die man nicht mag, und deshalb versuchen alle anständigen Schriftsteller, solche Teile in ihren Büchern zu vermeiden. Das gelingt aber nur wenigen Autoren. In fast jedem Buch findet sich mindestens ein Teil, der auf der Seite klebt wie eine nasse Socke am Boden, und der Leser stutzt, blickt darauf und denkt *Was hat denn das hier zu suchen?* Deshalb habe ich den Teil weggelassen, wo ich den größeren Teil meiner Kleidung auszog, bevor ich ins Meer sprang, weil sich kein vernünftiger Leser für derlei Dinge interessiert. Wenn Rotkäppchen, die Hauptperson in einem alten Märchen, auf ihrem Weg durch den Wald zu ihrer Großmutter auf die Toilette musste, dann ist das ihre Sache, und deshalb wird dieser Teil in so gut wie allen Büchern über sie weggelassen. Und wenn Ödipus, der Held eines berühmten Theaterstücks, unter einem unstillbaren Juckreiz gelitten haben sollte, dann wollen wir nicht unbedingt auch noch darüber lesen, und deshalb sollte er das hinter den Kulissen erledigen, wo wir nichts davon erfahren. Und ich kann keinen triftigen Grund dafür finden, Ihnen genau zu schildern, was ich anhatte, ob man etwas losschnallen oder aufknöpfen musste und ob ich die Sachen ordentlich zusammenlegte oder in einem Haufen auf die Steine am Strand fallen ließ, und deshalb habe ich die zweite Regel beim Schreiben eines Buches befolgt und das alles weggelassen.

Manche Teile einer Geschichte kann man natürlich nicht weglassen, sonst ist es keine Geschichte mehr. Kürzlich habe ich über eine alte japanische Erzählung gelesen, in der ein Feudalherr aus irgendeinem Grund – der in der Geschichte weggelassen wurde – alte Menschen hasst und deshalb das Gesetz erlässt, dass alle über siebzig in die Berge gebracht und dort zurückgelassen werden müssen. Ein junger Mann mit einer alten Mutter bringt es nicht übers Herz, sie in den Bergen auszusetzen, und er versteckt sie zu Hause im Keller. Kurz darauf tauchen grimmige Feinde auf und verkünden, sie werden das ganze Land verheeren, es sei denn, der Feudalherr vollbringt drei Dinge:

1. aus Asche ein Seil knüpfen,
2. einen Faden durch ein neunflächiges Juwel ziehen und
3. eine Trommel dazu bringen, sich selbst zu schlagen.

Der Feudalherr, erfahren wir in der Geschichte, bringt diese Dinge natürlich nicht zustande – aber die Mutter, und deshalb werden alle gerettet und der Feudalherr beschließt, alte Menschen doch nicht zu verachten.

Sie sehen sofort, dass bei dieser Geschichte zu viel weggelassen wurde, und ich war ziemlich verärgert über diese Person, die sie aufgeschrieben hat, ohne mir zu erzählen, wie es die Mutter von irgendjemandem geschafft hat, die drei scheinbar unmöglichen Aufgaben

1. aus Asche ein Seil zu knüpfen,
2. einen Faden durch ein neunflächiges Juwel zu ziehen und
3. eine Trommel dazu zu bringen, sich selbst zu schlagen

zu erfüllen. Wenn man diesen Teil auslässt, hätte ich diesem Schriftsteller gerne erklärt, dann ist so gut wie keine Geschichte übrig außer der verschwommenen Mahnung, dass wir alte Leute nicht hassen sollten, was vernünftige Leser ohnehin alle wissen. Man kann alte Menschen nicht hassen, denn auch wenn man kein alter Mensch ist, dann wird man doch einer werden – oder bei dem Versuch, einer zu werden, sterben. Also lasse ich den Teil weg, wo ich meine Kleider ausziehe – nicht bis zum letzten Faden natürlich, sondern gerade genug, um zu schwimmen und gleichzeitig den Anstand zu wahren –, aber ich lasse im Buch, wie es sich für mich anfühlt, im offenen Wasser zu schwimmen, ein Ausdruck, der hier bedeutet »nicht in einem Becken oder einer Badewanne, sondern in einem Fluss oder in einem See oder, am allerbesten, im Ozean«, weil es für die Geschichte und die Philosophie dieses Buchs wichtig ist.

Das Wasser und ich haben sich immer gut miteinander vertragen. Ich war kein Kind, das sich beklagte, wenn es baden oder duschen musste, weil ich gerne irgendwo allein war, wo man mich nicht unterbrechen konnte, und wenn man es doch tat, dann konnte ich so tun, als würde ich nichts hören, während das Wasser lief. Es zählt zu den Freuden meiner Kindheit, dass ich von meiner Seite der Badezimmertür immer wieder rufen konnte: »Ich kann dich leider nicht hören, das Wasser ist so laut«, obwohl ich jemanden vielleicht deutlich sagen hörte: »Brauchst du noch lange?«, oder, »Du musst doch längst sauber sein«, oder, »Ich glaube, du drehst das Wasser immer extra wieder auf, wenn ich dir etwas sagen will, Meister Snicket.« Bis heute schleiche ich mich gerne ab und zu an ein Waschbecken und spritze mir Wasser ins Gesicht um wach zu werden, wenn ich schläfrig bin, oder mich abzukühlen, wenn ich schlechte Laune habe, und dann schnippe ich die Tropfen von meinen Fingern auf den Spiegel, damit es aussieht, als würde der ganze Raum weinen. Ein Glas Wasser habe ich immer genossen, etwas Klares in etwas Klarem, das mir voller Hoffnung erscheint. Wenn ich aus dem Haus gehe, beschließe ich manchmal, mich selbst zu überraschen, indem ich mir ein Glas Wasser eingieße und es auf dem Schreibtisch stehen lasse, damit ich bei der Rückkehr ein kleines Geschenk von mir finde, aber manchmal, wie zum Beispiel an dem Tag, über den ich schreibe, bin ich zu sehr in Eile, um eine Überraschung für mich zu hinterlassen, und deshalb sage ich mir, mach dir nichts draus, es wird mir nichts ausmachen, wenn ich nach Hause komme, denn ich werde mir erklären, dass ich keine Zeit dafür hatte, mir etwas Wasser zu hinterlassen.

Heute Morgen noch war ich ohne den geringsten Gedanken an Wasser aus dem Haus geeilt, und jetzt war ich eingetaucht in einen leibhaftigen Wasserkörper, und das ist mir die liebste Sorte. Ich mag alle Arten von Teichen und Seen und Meeren und dergleichen. Gerne stehe ich an einem stillen Ufer, werfe Kieselsteine hinein, sehe wie es ein bisschen spritzt und dann Kreise über die Oberfläche ziehen, immer gleich und doch jedes Mal anders, wie das Wasser selbst, das immer gleich und gleichzeitig anders aussieht, so wie ein Ozean immer da sein wird, aber keine seiner Wellen wird sich ein zweites Mal brechen. Ich gehe gern langsam in einen Wasserkörper hinein, wate immer weiter und weiter und das Wasser wird tiefer und tiefer, bis ich nicht mehr gehen kann und schwimmen muss, aber genauso gern springe ich hinein und spüre die plötzliche Veränderung unter Wasser, wie der Übergang mit einem kurzen Klick ins Dunkel, wenn ich beim zu Bett gehen das Licht ausschalte.

Als ich im Wasser war, hielt ich wie immer eine Sekunde lang still, als würde ich auf etwas warten, was ich auch tat. Ich habe immer vermutet, wenn meine Sternstunde anbricht, dann könnte ich gerade in einem Wasserkörper sein, was ich natürlich in gewisser Weise immer bin, in einem Wasserkörper. Der menschliche Körper besteht zu etwa sechzig Prozent aus Wasser, also mehr als die Hälfte von jedem von uns. Man kann also über absolut jeden sagen, er sei ein Wasserkörper; wenn Sie also gefragt werden, wie eine bestimmte Person so ist, und Ihnen nichts Nettes einfällt, dann können Sie einfach antworten, er oder sie »ist größtenteils Wasser«. Ich lag also dort unter Wasser, ein Wasserkörper in einem

Wasserkörper, und dann fing ich an, mich zu bewegen, fühlte mich anmutig und elegant, obwohl ich kein besonders beeindruckender Schwimmer bin, und ich wusste, dass ich wahrscheinlich ungelenk und unelegant herumprustete. Das war mir egal.

Manchen mag das Schwimmen im Ozean unkalkulierbar vorkommen, ein Wort, das hier bedeutet »wie beim Würfeln, wenn eine bestimmte Zahl bedeutet, dass man ertrinkt«, und es stimmt, dass man niemals in einem Teil des Ozeans schwimmen sollte, der einem nicht vertraut ist, weil sich Gezeiten und Strömungen verhalten können wie wütende Busfahrer, die einen irgendwo weit weg von dem Ort bringen, wo man hin möchte. Und außerdem gibt es natürlich Lebewesen im Meer, und obwohl die meisten harmlos sind, wird man gelegentlich gestochen oder angeknabbert werden, wenn man öfter im Ozean schwimmt, so wie man schmutzige Schuhe bekommt, wenn man häufig im Park spazieren geht, oder sich irgendwann einsam und verloren vorkommt und als würde einen niemand mögen, wenn man regelmäßig zur Schule geht. Einmal war ich im Pazifik schwimmen – einer meiner fünf liebsten Ozeane – als ich unversehens von einem Seelöwen gerammt wurde, und das ziemlich heftig. Wir hörten beide zu schwimmen auf und blickten uns in die Augen. Die Frage des Seelöwen verstand ich sofort – *Wer bist du und was tust du hier?* – Ich hoffe, der Seelöwe verstand meine stumme Antwort, die lautete *Ich bin ein Fremder und will dir nichts tun.* Zu meiner Erleichterung fingen wir beide wieder an zu schwimmen, wenn auch in verschiedene Richtungen.

Von einer Bestie in der Art war jetzt aber keine Spur

zu sehen und ich schwamm weiter, während sich meine Ohren an das Gurgeln des Wassers gewöhnten und meine Arme und Beine in einen passenden Rhythmus fanden, um mich in Bewegung zu halten, und dann fing das an zu passieren, was ich am Schwimmen im offenen Wasser am liebsten mag, nämlich nichts. Ich meine damit nicht, dass es nichts gibt, was man daran mögen kann. Ich meine, da ist nichts – und ich mag es. Da sind zwar all die Lebewesen und der Seetang, die Wellen und die Strömungen, die Vögel und die Schiffe an der Oberfläche und die Unterseeboote und die Quastenflosser irgendwo darunter, aber dem Ozean ist eine gewaltige Öde zu eigen, ein ungeheurer offener Raum, der sich gähnend und leer anfühlt, obwohl er voller Wasser ist. Beim Schwimmen im Ozean fühlt man sich wie ein Staubkorn in einem großen leeren Koffer, oder wie ein winziger Stern am endlosen Himmel. Jeder Gedanke, den man hat, fühlt sich unbemerkt an, so wie sich der Himmel nicht um das flackernde Licht eines einzelnen Sterns kümmert, und jedes Wort im Gehirn hallt ohne Erinnerung im gewaltigen Koffer des Meeres wider,

also
hört
man
ganz
zu
denken
auf.

In einem Buch über Philosophie geht es meistens irgendwann um Gott – oder welchen Namen man auch immer benutzt für den Autor der Geschichte der Welt. Das haben sich Menschen gefragt, seit Menschen, und das Sichfragen, erfunden wurden. Zahllose Bücher sind über dieses Thema geschrieben worden, aber keines wird jemals eine endgültige Antwort darauf geben, ein Ausdruck, der hier bedeutet »eine so klare Lösung, dass die Menschen aufhören werden, darüber zu streiten«. Manche Leute glauben, die Geschichte der Welt hat einen ganz bestimmten Autor mit einer festen Meinung über alles, das sich abspielt, und manche Leute glauben, der Autor hat Besseres zu tun, als sich über solche Ereignisse zu sorgen, und andere glauben, die Geschichte der Welt hat mehrere oder sogar viele Autoren, die alle zusammenarbeiten, oder sich bekämpfen, oder beides. Und manche Leute glauben, es gibt keinen Autor, und tatsächlich können die Wunder der Welt sogar noch eindrucksvoller erscheinen, wenn man eine Wiese oder ein Baby oder einen Buttertoffeesirup in der Überzeugung betrachtet, dass all dies aus dem Nichts entstanden ist. Eine philosophische Vorstellung, die ich immer gemocht habe, heißt Tzimtzum, und sie laut auszusprechen ist ebenso trickreich, wie sie zu durchdenken. Tzimtzum vertritt die These, dass die Welt aus nichts entstanden ist, aber dass dieses Nichts von etwas gemacht wurde, also etwas machte nichts, damit etwas aus nichts entstehen konnte, und vielleicht verbringen wir deshalb den größten Teil unseres Lebens damit, zwischen nichts und etwas dahinzutreiben. Vielleicht finden Sie das irritierend und wollen vielleicht kurz innehalten, um diesen Satz noch einmal zu lesen, und das ist ebenfalls ein wichtiger Teil von Tzimtzum. Um über etwas nachzudenken, muss man oft zuerst einmal innehalten – um in Gedanken nur für eine Sekunde nichts zu tun, damit Platz ist, um über das nachzudenken, was die eigene Aufmerksamkeit erregt hat. Um über etwas nachzudenken, braucht man nichts, genau wie der-, die- oder dasjenige, das die Welt erschaffen hat, oder, wie es einer meiner Lieblingsschriftsteller einmal ausgedrückt hat: »Gott hat alles aus dem Nichts geschaffen. Aber das Nichts schmeckt durch.«

Dies ist eine sehr tiefe Art von Fassungslosigkeit, aber ich war in sehr tiefem Wasser, und all diese Gedanken über alles oder nichts und jemanden oder niemanden trieben in meinem Gehirn, während mein Wasserkörper in einem Wasserkörper trieb.

Es waren nicht eigentlich Gedanken, nur kleine Denkschnipsel wie die Botschaft über mein vergiftetes Frühstück, die immer noch in der Tasche meiner ordentlich an der Felsküste zusammengelegten Jacke steckte, und daher wusste ich, wo ich als nächstes hingehen konnte – ein Ort, an dem sich das Rätsel meiner Vergiftung vielleicht tatsächlich auflösen konnte.

Es war seltsam, dass mir in alldem verschwommenen Etwas und Nichts so ein klarer Gedanke gekommen war, aber so ist das häufig mit der Geschichte der Welt. Ich habe einmal ein Buch gelesen, das ich so sehr bewunderte, dass ich auf einigen Seiten Bemerkungen an den Rand schrieb, was ich nur bei Büchern tue, die ich ganz bestimmt für immer behalten will. Ich schrieb Dinge wie »Das gefällt mir« und »Ja, das stimmt« und »Schau dir das nochmal an«, damit ich es später beim Wiederlesen finden konnte, fast wie bei dem Glas Wasser, das ich manchmal für mich auf dem Schreibtisch zurücklasse.

Dann vergingen die Jahre und ich erlebte eine Reihe von Abenteuern. Ich zog von einem Ort zum andern und musste Teile meiner Bibliothek in Kisten zurücklassen, in Abstellräumen und auf Dachböden verschiedener Gefährten und geduldiger Freunde.

Schließlich, einige Jahre später, beschloss ich, dass es an der Zeit sei, das Buch wieder zu lesen, aber es war nirgends zu finden – wahrscheinlich steckte es irgendwo anders in einer Kiste. Es war kein Buch, das in Buchhandlungen üblicherweise im Regal steht, und deshalb musste ich eine Weile nach einer neuen Ausgabe suchen, und schließlich stieß ich in einem von mir bis dahin noch nicht besuchten Teil der Welt auf eine Bücherei, die einige ihrer Bücher verkaufte, um Platz für neue zu schaffen. Dort gab es das Buch, nach dem ich suchte, und ich bekam es in einem gepolsterten braunen Umschlag zugeschickt. Ich öffnete den Umschlag und dann das Buch und sah einige Bemerkungen auf die Seitenränder geschrieben. Ich brauchte einige Minuten, bis ich meine eigene Handschrift erkannte, in den Notizen auf den Seiten meines eigenen Buches, das irgendwie zu mir zurückgefunden hatte. Das war etwas so Klares: meine eigenen Notizen an mich selbst, aus dem Durcheinander vom Verlust des Buches und der Suche danach.

Es war wie bei vielen anderen Ideen, die ich beim Schwimmen gehabt habe und in aller Eile auf irgendeinem Zettel aufschreibe, damit ich sie nicht vergesse, kaum dass ich aus dem Wasser heraus und wieder auf dem Trockenen bin. Jede neue Idee ist eine Überraschung wie das Wiederfinden meines eigenen Buches nach so vielen Jahren, und das Überraschungsmoment ist wie schon erwähnt die erste von drei Regeln beim Schreiben eines Buches. Die zweite Regel besagt, man soll bestimmte Dinge weglassen, und deshalb habe ich bei der Geschichte, wie ich mein Buch wiedergefunden habe, nicht das überaus Eigenartige angefügt, das die Autorin mir sagte, als ich sie ausfindig machte und ihr erzählte, was passiert war, obwohl ich daran dachte, als ich mich auf den Felsblock hinaufzog und fröstelnd am Ufer stand und das beunruhigende Nichts meines Bades hinter mir ließ.

Niemand weiß, was die dritte Regel ist.

Kapitel sieben

Ich saß am Ufer und fröstelte, denn so wärmt sich der Körper wieder auf. Wenn man in kaltem Wasser schwimmt, gewöhnt man sich an das Gefühl, dass der Körper zittert und klappert, und an die zitternde und klappernde Aussicht, wenn man die Welt durch fröstelnde Augen betrachtet. Ssselbbbst didididie Gedangedangedanken scheischeischeischeinennn eineweieineweieine Weiweiweile zzzzu fröstöstöstösteln, bibibibissss mamamamannnn sisisich sosososo wwwweit aufgewäwäwärmt hatatat, dadadass mamamamannn wiwiwiederrr klaklaklar dededededenken kakakakann. Aber die Idee war in meinem Kopf so klar wie das Wasser, in dem ich sie gehabt hatte, und ich schrieb sie mit zittriger Schrift auf, während ich fröstelte und darauf wartete, dass der Wind mich trocknete.

Der fassungslos machende Ozean, so geschäftig und gleichzeitig so leer, hatte mich plötzlich an einen anderen geschäftigen und leeren riesigen Ort erinnert – der erste Ort auf meinem Weg, der mir tatsächlich verdächtig vorkam. Das Teegeschäft war selbst in geschlossenem Zustand ein achtbarer und ungewöhnlicher Ort und überhaupt nicht verdächtig, und die Imkerin schien ohne Tadel, ein Ausdruck, der hier bedeutet »zu sehr an der Aufdeckung der Schwindeleien gewisser Autoren interessiert, um Gift in meinen Honig zu schmuggeln«, und mein Bad im Meer war zwar aufregend, tat aber nichts zur Aufklärung der Geschichte hinter der schrecklichen Botschaft, die ich erhalten hatte. Es gab zu viel Wasser auf der Welt, um sich auf die Suche nach dem vergifteten Bisschen davon zu machen – insbesondere, falls ich es schon geschluckt hatte. Aber ein Ort, der für mich schon immer etwas Unheilvolles an sich gehabt hatte, war der Supermarkt.

Üblicherweise kaufte ich mein übliches Brot für meinen üblichen Toast für mein übliches Frühstück –

Tee
mit Honig,
eine Scheibe Toast
mit Käse,
eine aufgeschnittene Birne
und ein perfekt zubereitetes Ei

– in einem Supermarkt, aber ich kaufte es nicht gerne dort. Wie ich schon gesagt habe, ziehe ich ein Geschäft, das nur eines verkauft, einem Geschäft vor, das viele

Dinge verkauft, und ein Supermarkt versucht natürlich, alles zu verkaufen, und da ist immer etwas wenig Vertrauenserweckendes an einem Ort, der so gefällig sein will. Ich hätte mein Brot auch bei einer der beiden Bäckereien in der Nähe kaufen können, aber in der einen Bäckerei bewegen sich die Leute so langsam, dass ich immer fürchte, das Brot ist schon altbacken, wenn ich es endlich in die Hände bekomme, und die Leute in der anderen Bäckerei sind so gemein, dass ich immer fürchte, ich brauche das Brot, um mir damit wegen der Kränkungen die Tränen zu trocknen. »Ihr Hemd gefällt mir nicht«, sagte eine der in der zweiten Bäckerei angestellten Personen kürzlich zu mir, reichte mir mein Brot und fügte an: »Sie sollten etwas anderes tragen.« Ich bin nicht so empfindlich, dass ich Kritik an meinem Hemd nicht ertragen könnte, welches an diesem Tag eine gewöhnliche Farbe, durchschnittliche Knöpfe, normale Nähte und einen völlig unauffälligen Kragen hatte, aber während der folgenden Tage schien mich der Laib, den ich gekauft hatte, beim Frühstück anzusehen und wegen meiner Kleiderwahl seinen bemehlten Kopf zu schütteln. Zwei Jahre zuvor indessen hatte ich in der ersten Bäckerei um einen Laib Pumpernickel gebeten, und die Angestellte ist immer noch dabei, diesen in eine Tüte zu packen. (Ich übertreibe natürlich, aber nicht sehr.)

Beim Supermarkt dagegen hing draußen ein Schild mit der Aufschrift *Hereinspaziert!* das mich anstarrte, als ich ankam. Mit seinem begeisterten Ausrufezeichen und dem freundlichen Wort war das Schild weder langsam noch gemein, aber trotzdem kam es mir vor wie etwas, das ein Drache vor seiner Höhle aufhängen würde, um Passanten hereinzulocken und aufzufressen. Ich ging hinein und an den Wänden standen einige dermaßen begeisterte Sätze, dass ich argwöhnisch wurde, ein Wort, das hier bedeutet »voller Unbehagen, ganz egal wie oft ich sie schon gelesen hatte«. Ich las die Sätze zum x-ten Mal und übertrug sie auf mehrere Zettel, und ich werde sie jetzt hier hinschreiben zusammen mit meinen unausgesprochenen Gedanken, die ich hatte, während ich sie las, aber den Namen des Supermarkts werde ich in diesem Buch nicht schreiben für den Fall, dass meine Beschreibung so erschütternd ausfällt, dass sich die Lebensmittelhändler rächen wollen.

Hier im Soundso-Markt, begann es an der Wand, *gilt unsere Hauptsorge Ihrer Zufriedenheit,* und der Ausdruck »Hauptsorge« war eine gruselige Art zu sagen, dass der Markt oder die Wand darüber am allermeisten nachdenkt. Zufriedenheit ist meiner Erfahrung nach wie eine Schüssel mit Bananen: wenn man zu sehr darauf achtet, ist im Nu alles vertilgt, aber wenn man die Bananen aus den Augen verliert, werden sie entweder von einem Dieb gestohlen oder sie verrotten zu fauliger Pampe. Es kann ziemlich knifflig sein, wenn man sich seine Zufriedenheit erhalten will, und die Einmischung eines Supermarkts scheint mir die Sache nur noch kniffliger zu machen. Sätze wie *Unsere Hauptsorge ist, dass unsere Nahrungsmittel nicht verdorben sind,* oder *Unsere Hauptsorge ist, dass der Boden nicht so glitschig ist, dass Sie hinfallen und sich ein Bein brechen,* oder *Unsere Hauptsorge ist, dass keines unserer Brote vergiftet wurde,* dachte ich, wären einladender.

Wir sind für Sie da, 24 Stunden am Tag und 365 Tage im Jahr, fuhr die Wand fort, und das fand ich erschreckend, denn ich wollte nicht, dass ein Supermarkt viel öfter über mich nachdenkt als ich über den Supermarkt. Ein Supermarkt sollte über die Lieferpläne seiner Lastwagen voller Steckrüben und Nudeln und Enten nachdenken, dachte ich, und ob etwas in die Hintertür geklemmt war, sodass Giftmörder hereinkommen konnten, anstatt über mich nachzudenken, besonders spät nachts, wenn ich vielleicht im Bett liege und mir einrede, dass natürlich keine Lebensmittelhändler durch die Vorhänge zu mir hereinspähen. Ich wusste selbstverständlich, dass die Wendung *Wir sind für Sie da* nicht zwangsläufig bedeutete, dass der Supermarkt über mich nachdachte, sondern nur, dass er eben dort war, an der Kreuzung der Soundso- und der Diesunddas-Straße, wann immer ich Lebensmittel bräuchte. Aber auch das machte mich argwöhnisch, denn das Versprechen, 24 Stunden am Tag und 365 Tage im Jahr da zu sein klang nicht nur strapaziös, sondern auch unwahrscheinlich. Eines Tages wird der Supermarkt schließen – wegen Konkurs oder Mäusen oder einer Invasionsarmee, und dann wird das Versprechen gebrochen, zusammen mit der Wand, auf der es geschrieben stand. Beruhigender hätte ich Sätze gefunden wie *Wir sind hier, obwohl Sie das schon wissen, weil Sie auch hier sind* oder *Wir haben vernünftige Ladenöffnungszeiten* oder Gütiger Himmel, hoffentlich passiert diesem Supermarkt nichts Grauenhaftes.

Zuletzt verkündete die Wand noch *Wir betrachten jeden, der durch diese Türen hereinkommt, als Freund,*

und dieser Satz bereitete mir von allen am meisten Fassungslosigkeit. Ich möchte nicht mit einem Supermarkt oder seiner Wand befreundet sein. Ich möchte mit Menschen befreundet sein, die ehrlich und interessant sind, großzügig, aber nicht lächerlich, nachdenklich, aber die keine nervigen Stimmen haben. Sie würden die Leute, mit denen Sie befreundet sein wollen, vielleicht mit anderen Worten beschreiben, aber ich bin mir sicher, das Wort »wahllos«, was sich auf Menschen bezieht, die wirklich mit allem und jedem befreundet sein wollen, wäre nicht dabei. Man möchte Freunde, die einen auswählen, weil sie einen charmant und bezaubernd finden, nicht einfach jede beliebige Person, die bei einem zur Tür hereinkommt.

Als ich im Supermarkt herumging, fühlte ich mich nicht wie ein Freund. Ich fühlte mich wie ein Fremder und blickte mich nach den anderen Fremden um, die durch die Gänge liefen und in den Regalen nach den Esswaren spähten, die sie haben wollten. Der Laden wurde mit Musik beschallt – ein Ausdruck, der hier bedeutet »zu laut aus Lautsprechern in der Decke abgespielt« –, und das war ein weiterer Grund, dem Supermarkt gegenüber argwöhnisch zu sein, weil Supermärkte normalerweise Musik auswählen, von der sie glauben, dass jeder sie mag, so wie sie glauben, dass jede beliebige Person, die zur Tür hereinkommt, ihr Freund ist, und natürlich gibt es so etwas überhaupt nicht – Musik, die jeder mag. Es gibt nur Musik, von der manche Leute glauben, dass jeder sie mag, und ich mag so gut wie nie Dinge, von denen manche Leute denken, dass jeder sie mag. Ich mag keine Sandwiches mit Erdnussbutter und

Marmelade. Ich mag es nicht, in praller Sonne mit dem Kajak zu paddeln. Ich mag den Weihnachtsmann nicht. Ich mag es nicht, wenn jemand zur Gitarre greift und alle mitsingen müssen. Ich mag es nicht, in einer jubelnden Menge zu stehen, besonders dann nicht, wenn die Menge Menschen beobachtet, deren Arbeit darin besteht, einen Ball zu werfen Ball zu werfen. Ich mag kein Bild von einem Mann auf einem Pferd. Ich mag es nicht, wenn alle das Gleiche tun und jemand mit einer Stoppuhr daneben steht und dann demjenigen einen Preis gibt, der zuerst damit fertig ist. Ich mag keine heiße Schokolade und ich mag kein Hemd und keinen Hut tragen, auf dem der Name eines Ortes geschrieben steht, sodass alle wissen, dass man in diesem Ort gewesen ist, und ich bin kein Freund von Rosinen, und deshalb runzele ich bei der Musik im Supermarkt oft die Stirn.

Überraschenderweise war die Musik, die in diesem Augenblick gespielt wurde, ein Stück, das mir sehr gut gefiel. Es ist ein sehr altes Lied, so alt, dass sich niemand sicher ist, wer es geschrieben hat, und es ist von Menschen aller Art gesungen worden, obwohl die Fassung, die ich am liebsten mag und die im Supermarkt gespielt wurde, von einer Frau gesungen wird, die ein abenteuerliches und schwieriges Leben geführt hat. Das Lied handelt von einem Mann, der etwas Falsches getan hat. Es wird uns im Lied nicht gesagt, was das war, vielleicht damit wir das mit unserer eigenen Vorstellung oder mit schlimmen Dingen, die wir selbst getan haben, füllen können, aber der Mann läuft weg und versucht, dem Schrecklichen, das er verbrochen hat, zu entkommen und wir erfahren, wie schrecklich er sich dabei fühlt. Ich ging im Supermarkt durch die Gänge und hörte zu, wie die Frau über den Mann sang und darüber, wohin er flieht.

Er läuft zu einem Felsen und dann zu einem Fluss und dann ans Meer, aber an keinem dieser Orte findet er Trost. Dann betet er zu Gott und ich erinnerte mich daran, wie ich das Lied zum ersten Mal hörte und dachte, dass ich wüsste, was als nächstes passiert, denn wenn ein Mann in einem Lied zu Gott betet, dann findet er normalerweise Trost. Aber das Lied befolgt nicht nur die zweite Regel des Schreibens, also bestimmte Dinge wegzulassen wie beispielsweise das, was der Mann Falsches getan hatte, sondern auch die erste Regel, also ein Überraschungsmoment einzubringen, denn anstatt Trost zu spenden, sagt Gott zu ihm: »Scher dich zum Teufel« und bezieht sich damit auf eine böse Gestalt der Sagenwelt und der Religion. Wie von Gott vorgeschlagen geht der Mann zum Teufel, und dann erfahren wir im Lied nur noch, dass der Teufel wartet, und sonst nichts. Etwas daran ist ein bisschen beängstigend, genau wie auch an den Gängen im Laden etwas ein bisschen beängstigend war. Das Lied schien zu sagen, dass etwas Böses einfach nur gewartet hat, während der Mann so lange Zeit herumrannte, und ich sah jetzt überall Nahrungsmittel warten, eingeräumt in turmhohe Regale und zu riesigen Gebilden zusammengestellt, und die unendlichen Anblicke und endlosen Gerüche konkurrierten in der Luft und warteten darauf, dass jemand sie kaufte. Durch das Wissen um meine Vergiftung war mir flau im Magen und ich war ängstlich, und daher hatte ich keinen Hunger, und beim Herumwandern im Überfluss, ein Wort, das hier bedeutet »zu viele Nahrungsmittel«, wurde mir noch unbehaglicher.

Um ehrlich zu sein – der Überfluss in Supermärkten hat mir immer Fassungslosigkeit bereitet. Ich blieb zum Beispiel bei einem Brotlaib stehen, der dem, von dem ich mir eine Scheibe zum Frühstück getoastet hatte, sehr ähnlich sah. Er steckte in einer Papiertüte und lag zusammen mit identischen Laiben in einem größeren Sack in einem Korb, neben vielen anderen Körben mit Säcken voller Tüten mit Brotlaiben neben einer hohen Regalwand mit vielen, vielen weiteren Brotlaiben, alle in verschiedenen Tüten und alle mit Etiketten, die ihre Inhaltsstoffe auflisteten.

Der erste Bestandteil in meinem Brot war Mehl aus Weizen, einer Pflanze, die gerade in meinem winzigen Garten wuchs. Ein Freund hatte den Weizen als Geschenk dort ausgesät, aber nur wenig war aufgegangen, weil ich kein besonders guter Gärtner war und nicht wusste, wie ich den Weizen zum Gedeihen bringen sollte, ein Wort, das hier bedeutet »hoch und dicht wachsen und nicht verkümmern und absterben«. Irgendwo war jemand ein ordentlicher Bauer, und irgendwo war ein größeres Stück Land – viel, viel größer – wo Leute genügend Weizen für all die vor mir dargebotenen Brotlaibe anbauten und all die zusätzlichen Laibe, die wahrscheinlich in einem Kühlschrank hinter der Tür der Aufschrift *Kein Zutritt* bereitlagen, ein Ausdruck, der hier bedeutet, dass man nicht hineingehen darf, obwohl gerade in diesem Augenblick zwei Menschen in Schürzen dort hineingingen. Und dann erst all die anderen Märkte, dachte ich, super oder nicht super, auf der ganzen Welt mit all ihren Brotlaiben. Irgendwo gab es genügend Land, um all diesen Weizen wachsen zu lassen, aber ich konnte mir das unmöglich vorstellen. Ein Weizenfeld nach dem anderen, und sie reichten weiter in die Ferne, als es meine Vorstellung erlaubte, aber wie konnte genug Platz für sie alle sein und daneben immer noch Platz auf der Erde für glühend heiße Wüsten und eisbedeckte Berge und all die Orte, an denen Weizen nicht wachsen kann?

All dieses Land war nur für den Weizen, und der Weizen war nur für das Mehl. In meinem Brot waren noch andere Zutaten, und all die anderen Brote hatten noch mehr, Salz und Hefe und Körner und Nüsse und Chemikalien und Zusatzstoffe, geerntet in Sümpfen und gepflückt in Plantagen und zusammengebraut in Laboratorien und hergestellt in Fabriken. An all diesen Orten arbeiteten Menschen, schufen diese Zutaten und vermischten sie und machten Brot daraus, und jemand druckte das Etikett und stellte die Tüte und den Sack und den Korb her. Jemand hatte einen Lastwagen beladen und ihn zum Ausladen in die Stadt gefahren, und jemand hatte all die Brotlaibe im Supermarkt eingeräumt, alles nur, um mir diesen Laib Brot zu liefern, den ich für ein Scherflein kaufte, ein Wort, das hier bedeutet »fast kein Geld«. Dieses Scherflein wurde natürlich aufgeteilt zwischen den Lebensmittelhändlern und den Bauern und den Etikettendruckern und all den anderen Leuten, die ich mir vorgestellt hatte, und dazu all den Menschen, die ich mir nicht vorgestellt hatte und mir niemals vorstellen würde. Bestimmt war das nicht genügend Geld für alle. Bestimmt bekam jemand nicht genug Geld. Ich konnte mir vorstellen, wie sie in Armut lebten, vielleicht sogar hungerten, und doch gab es so viel Brot, gleich hier, das sie essen könnten. Die ganze Geschichte bereitete mir Fassungslosigkeit, und sie war vielleicht sogar grausam, und doch wollte ich nicht, dass sie endete. Ich wollte nicht, dass der Supermarkt schließt und seinen Überfluss nicht mehr verkauft. Ich mochte dieses Brot.

Es gibt einen Spruch in Persien, einem Teil der Welt, der jetzt oft anders genannt wird, der besagt: »Wenn sich Katze und Maus einig sind, ist der Krämer ruiniert«, vermutlich weil die Maus, wenn sie von der Katze nicht mehr aus dem Laden gejagt wird, an den Waren knabbert und vielleicht auch Kunden verängstigt, sodass der Laden eingeht. Ist die Maus glücklich, dann leidet der Krämer, und damit der Krämer glücklich ist, muss die Maus leiden. Für jedes glückliche und wohlgenährte Wesen, dachte ich und stellte mir die hungernden Menschen vor, während ich mitten im Überfluss stand, gibt es vielleicht ein Wesen, das hungert und eingeht. Kein Wunder, dachte ich, dass manche Menschen andere vergiften.

Das Lied, das immer noch gespielt wurde, schien zu besagen, dass die böse Entscheidung, das Falsche, das man vielleicht getan hat, leichter zu finden ist als Trost und Vergebung, dass ein guter Mensch zu sein mehr Mühe kostet als ein schlechter, was der Grund dafür sein könnte, dass man Bosheit im Überfluss sieht, wie sie nur dasitzt und wartet, während Güte oft nur allzu flüchtig ist, ein Wort für Dinge, die einem leicht entgleiten. Diese philosophische Erkenntnis brachte mich dazu, das Brot wieder hinzulegen und selbst zu entgleiten. Wenn dies eine Geschichte in einem Buch wäre, dachte ich, und sich der am meisten verdachterregende Ort als niederträchtig erweist, dann gäbe es kein Überraschungsmoment. Deshalb beschloss ich, als ich den Supermarkt verließ, stattdessen zum am wenigsten verdachterregenden Ort zu gehen.

Kapitel acht

Ich bin immer voller Hoffnung, wenn ich einen Park betrete. Wenn eine Groß- oder auch eine Kleinstadt ein Stück Land für die allgemeine Erholung reserviert, dann ist das ein Zeichen dafür, dass sich jemand über das Glück von jemand anderem Gedanken macht, dass manche Menschen Gras kürzen und Wege nur deshalb kehren, damit andere Menschen picknicken oder spazieren können, oder vielleicht einfach nur dasitzen und nachdenken. Es gibt gewaltige Parks mit verschiedenen Bereichen für verschiedene Betätigungen, und es gibt Parks, die sind so klein, dass sie unter einen einzigen hohen Fahnenmast passen. Es gibt Parks voller Geräte und Einrichtungen zum Spielen und Parks voller Blumen und Bäume zum Bewundern, und Parks voller Statuen und Skulpturen zum Würdigen, und Parks voller Müll, der eigentlich weggefahren gehört.

Ein anständiger Park ist öffentlich zugänglich, und wenn etwas öffentlich zugänglich ist, dann macht sich die Öffentlichkeit Sorgen. Wenn an einem Ort jeder Zugang hat, dann könnte jeder dort hingehen, und deshalb gibt es oft allerlei besorgte Gespräche über Parks und die Leute, die Schwierigkeiten machen könnten und Betätigungen, die Leute stören könnten und Tageszeiten, wann ein Park so sein sollte und nicht anders, und ob Tiere – die nicht zur Öffentlichkeit zählen – in den Park kommen und ihn verschmutzen oder die Blumen ruinieren oder zu laut bellen oder kleine Kinder fressen könnten. Aber ich benutze einen Park lieber als Gegenmittel gegen Sorgen und nicht als Vorwand für noch mehr Sorge, und Tiere gleich welcher Art, die ich in einem Park sehe, stören mich nicht. Ich habe Eichhörnchen und Streifenhörnchen gesehen, Schlangen und Salamander, Schmetterlinge und Marienkäfer.

Ich habe Hunde gesehen, die wie Füchse aussehen und Füchse, die wie Hunde aussehen, und ich habe Waschbären gesehen, die wie Einbrecher aussehen, allerdings noch keine Einbrecher, die wie Waschbären aussehen. Ich habe natürlich auch viele Vögel gesehen, deren Namen ich nicht weiß, aber ich habe auch Menschen gesehen, deren Namen ich nicht weiß, Läufer und Spaziergänger, Polizeibeamte zu Pferde und pferdeähnlich aussehende Menschen auf Fahrrädern, weinende Kinder mit gelangweilten Betreuerinnen und gelangweilte Kinder mit weinenden Betreuerinnen, vom Weg abgekommene Touristen mit Karten in den Händen und in ihre Leinen verwickelte Drachenpiloten, Lachende und Streitende und Liebende, ein Wort, das hier bedeutet »Menschen, die sich küssen«. Küssen ist etwas, das man in Parks häufig sieht, und in diesem Kapitel folgt ein paar Seiten weiter noch mehr über das Küssen; wenn Ihnen solche Dinge unangenehm sind, dann sind Sie hiermit vorgewarnt.

Meine Lieblingstiere in diesem bestimmten Park waren allerdings weder die Liebenden noch die Füchse oder gar die Person, die Eis am Stiel in schauerlichen Farben verkaufte. Am liebsten waren mir die Ziegen. In diesem Park befand sich eine große Herde, die man als Rasenmäher eingestellt hatte und von einem Bereich zum nächsten verlegte, damit sie das Gras abweideten und das Geräusch der Rasenmäher nicht die Erholung störte. Aus der Milch der Ziegen wird außerdem Käse gemacht, und tatsächlich war auch der Käse, den ich an diesem Morgen auf mein getoastetes Brot strich, aus Ziegenmilch gemacht, und daher lag es nahe, meine philosophische Nachforschung weiterzuführen, indem ich ein paar Minuten an dem bedenklich zur Seite hängenden Zaun stehenblieb und die Ziegen und ihren Ziegenhirten, ein Wort, das hier bedeutet »junger Mann, der sich beim Hüten der Ziegen immer sehr zu langweilen scheint«, beobachtete. Einmal hatte ich mich mit diesem Mann unterhalten und er hatte zugegeben, dass er so gelangweilt war, wie es den Anschein hatte. Ich hatte vorgeschlagen, er könne sich doch ein Buch mitbringen, eines der Bücher, die interessant genug sind, um einen vor der Langeweile zu bewahren, aber nicht so fesselnd, dass man vergisst, ab und zu aufzusehen und sicherzustellen, dass die Ziegen in Sicherheit sind, und er sagte mir, einmal habe er so ein Buch mitgebracht und dann hätten die Ziegen es gefressen. Nun winkte ich ihm zu.

Die Ziegen schienen sich dem Anschein nach ebenfalls zu langweilen, obwohl es wahrscheinlich nicht gerecht war, nach dem Anschein zu urteilen. Eine Bekannte von mir hat ein Gedicht geschrieben, das ich sehr gerne mag, und daran musste ich denken, während ich beobachtete, wie die Herde knabbernd auf der Wiese herumwanderte. Das Gedicht heißt »300 Ziegen« nach einer großen Gruppe von Ziegen, die die Dichterin an einem sehr kalten Tag beobachtet. »O führe sie an eine warme Ecke«, sagt sie zur Viehzüchterin und verwendet dabei den Buchstaben O für sich allein, was beim Schreiben immer Spaß macht. »Führe sie zum Gebüsch, das den eisigen Wind abhält.« Aber die Viehzüchterin zuckt angesichts der Bedenken der Dichterin nur mit den Schultern. »Sie wissen, was zu tun ist«, sagt sie. »Sie sind *Ziegen.*«

Mit einem ähnlichen Satz hatte die Expertin geantwortet, als ich wegen der Vögel, die im Staub herumwühlten, gefragt hatte: *Das machen die so,* eine einfache und elegante Zusammenfassung eines vollkommen harmlosen Verhaltens. Ich wusste, dass diese – wie auch jede andere – Ziegenherde sich nicht verschwören würde, um mich zu vergiften, und dass Ziegenhirten und Käser einem Schriftsteller gegenüber, der regelmäßig den von ihnen produzierten Käse aß, wahrscheinlich nicht feindlich gesinnt waren. Dass sie die Ziegen vergifteten, wäre viel wahrscheinlicher, weil sie ihren Lesestoff verschlangen, und deshalb wandte ich meine Aufmerksamkeit von den unschuldigen Ziegen ab und betrachtete die Menschen um mich herum.

In Parks, wo man so viele verschiedene Leute sehen kann, ist es auch interessant, sich vorzustellen, was jeder denkt und tut, obwohl man es wahrscheinlich nie erfahren wird. Am anderen Ende der Wiese saßen zwei Menschen auf einer verwitterten Bank, und während ich auf einen riesigen Baum zuging, der über einer kleinen Kiesfläche kerzengerade in die Höhe ragte, stellte ich mir vor, was die beiden wohl zueinander sagten.

SYLVIA: Küss mich, Terry. O küss mich! Hör auf, die Ziegen zu beobachten und küss mich!
TERRY: Jetzt nicht, Sylvia. Und ich beobachte die Ziegen gar nicht. Ich beobachte den Mann, der dort zu dem Baum geht. Siehst du ihn? Sein Haar sieht ein bisschen feucht aus, als wäre er vor Kurzem im offenen Wasser geschwommen, und sein Blick wirkt ein bisschen gehetzt, als wäre er vor Kurzem in einem Supermarkt gewesen.
SYLVIA: Ja, ich sehe ihn, Terry. Sein Gesicht wirkt wehmütig, als würde er sich an ein vor langer Zeit erlebtes Glück erinnern.

Ich wusste nicht, was Sylvia und Terry, deren Namen ich mir natürlich vorstellte, wirklich sagten, aber sie hatten recht mit dem, was ich mir vorstellte, das sie sich über mich vorstellten. Ich dachte tatsächlich an eine längst vergangene Zeit, aber genau am selben Platz, an dem ich gerade stand. Es ist immer seltsam, wenn man an einem Platz steht, wo einem vor langer Zeit etwas passiert ist, besonders wenn sich der Platz kaum verändert hat. Der Baum war bestimmt ein bisschen gewachsen, und der Zaun war vielleicht noch mehr vom Wind in Mitleidenschaft gezogen, und die Bänke ein bisschen stärker verwittert als an jenem glücklichen Tag, aber eigentlich sieht es mehr oder weniger gleich aus, dachte ich, und ich wusste das auch, weil ich ein Foto von der Zeit, die ich meine, besaß – der Zeit, über die ich nachdachte.

Das Foto hat jemand aufgenommen, den ich nie wieder sehen werde, und es zeigt mich als jungen Mann, so jung, dass mich manche Leute sehr zu meinem Ärger immer noch einen Jungen nannten, und ich sitze an den Baum gelehnt, die Schuhe auf dem Kies. Man kann im Hintergrund die Bank sehen, auf der Sylvia und Terry saßen, und tatsächlich sitzen auch auf dem Foto zwei Menschen auf der Bank, obwohl ich nicht weiß, wer sie waren, und deshalb weiß ich jetzt natürlich auch nicht, wo diese Menschen jetzt sind, oder ob die Ziegen auf dem Foto dieselben Ziegen sind, die ich auf der Wiese beobachtete. Das kam mir unwahrscheinlich vor. Das war sehr lange her. Die Wiese war dieselbe, und sie lag noch immer hier bei mir im Park, aber ich wusste nicht, wo alle anderen aus dem Foto waren. Wenn ich das Foto betrachte, denke ich manchmal, dass dieser Moment vielleicht meine Sternstunde war, vor so langer Zeit, und dass ich sie verpasst habe, weil ich das damals nicht wusste. Ich sehe auf dem Foto nicht besonders glücklich aus, obwohl es ein glücklicher Tag war. Vielleicht hatte mich die Person mit der Kamera gerade in einem Augenblick erwischt, in dem ich mein Glück nicht zur Schau stellte, aber vielleicht wusste ich auch gar nicht recht, dass ich glücklich war. Man weiß nicht immer, dass man glücklich ist, wenn man glücklich ist. Dass man glücklich ist, begreift man manchmal erst, wenn es vorbei ist und man später darüber nachdenkt. Neben mir sitzt auf dem Foto eine junge Frau.

Es ist an der Zeit, hier etwas über das Küssen zu sagen, und Sie wissen, dass Sie gewarnt wurden. Manche Küsse sollten mit einer Warnung kommen. Ich meine dabei nicht das Küssen, wie man es in Familien betreibt, wo ein Kind vielleicht einen Kuss oben auf den Kopf bekommt, oder mit einem »Gute Nacht« auf die Wange. Ich meine keinen Kuss, der in die Luft geblasen wird in Richtung einer jubelnden Menge oder eines auslaufenden Schiffs, oder den Kuss, den man einem Gegenstand gibt, wenn er wichtig ist und man ihn fallen gelassen hat und er nicht zerbrochen ist, oder wenn er einfach nur kühl und glatt ist und sich auf den Lippen schön anfühlt. Wahrscheinlich kennen Sie die Art von Küssen, die ich meine, und Sie wissen, wie es gemacht wird, auch wenn Sie es nicht selbst getan haben. Man macht es mit zwei Mündern, die aufeinandergepresst werden, sodass keine der Personen sprechen kann. Diese Art von Küssen ist eine andere Art von Kommunikation als Sprache, aber obwohl sie sehr wichtig ist – ohne das Küssen wäre praktisch niemand auf der Welt – kann sie nicht ewig andauern. Irgendwann muss man seinen Mund vom Mund der anderen Person nehmen, und etwas geht verloren, wenn das Küssen aufhören muss. Die Küsser werden zu zwei sich unterhaltenden Menschen.

Sie hat keine Bedeutung, die Geschichte von dem, was sich am Fuß des Baums zugetragen hat. Sie hat weder mit Philosophie noch mit meinem vergifteten Frühstück zu tun, und deshalb werde ich sie weglassen. Wie das Küssen ist sie vielleicht zu heftig für Worte, selbst für ein einzelnes »O« oder den Namen einer Person. Es kann sehr heftig sein, wenn man den Namen einer Person, die man geküsst hat, oder auch nur gern geküsst hätte, aufschreibt auf einem Papierschnipsel, wo es niemand sehen kann, oder in Baumrinde schnitzt, wo es alle sehen können. Es ist sogar heftig, ihn in Gedanken aufzuschreiben, wenn man allein ist, aber es hat immer noch keine Bedeutung, dachte ich bei mir, weil ich jetzt alleine dort bei dem Baum war.

Wenn man jemanden küsst, kommt es einem vielleicht so vor, dass man niemals allein sein wird, aber natürlich ist jeder manchmal allein. Manchmal ist es einsam, wenn man alleine ist, aber manche Leute sind gut darin, einsam zu sein. Ich bin einer davon. Ich bin ein Einsamkeitsgelehrter, ein Wort, das hier bedeutet, dass mir Einsamkeit leicht fällt, also bin ich ziemlich gut in Einsamkeit, wenn ich das so sagen darf. Ich denke gern über einsame Dinge nach, Gedichte und Philosophie und traurige Lieder, die ich bewundere, und Orte und Menschen, die ich nicht kenne, oder niemals wieder sehen werde. In einem Lied von einem anderen Bekannten von mir heißt es, dass die einsamsten Menschen auf der ganzen weiten Welt diejenigen sind, die man niemals wiedersehen wird, und über solche Dinge denke ich gerne nach: Einsame Gedanken und einsame Sprache, und einsame Dinge, die vor langer einsamer Zeit geschehen sind, Dinge, die man sich selbst sagt, wenn man auf dem kiesigen Boden unter einem Baum herumläuft, der seit langer Zeit dort steht, haben keine Bedeutung. Man kann wohl kaum etwas Einsameres tun, als sich einzugestehen, dass etwas keine Bedeutung hat, weil man das natürlich nur bei Dingen tut, die große Bedeutung haben. Aber häufig – und das ist das Einsame daran – haben sie Bedeutung nur für einen selbst.

SYLVIA: O!
TERRY: Was ist passiert?
SYLVIA: Ich glaube, während er über einsame Dinge nachgedacht hat, die nur für ihn Bedeutung haben, ist der Mann gestolpert und in den Kies gestürzt.

Kapitel neun

Ich lag mit dem Gesicht nach unten unter dem Baum und fragte mich, ob ich tot war oder zumindest im Sterben lag wegen des Gifts. Wenn ich schon sterben musste – und das musste ich natürlich, entweder gleich oder zu einem anderen Zeitpunkt – dann war das kein schlechter Ort dafür. Ich dachte, es könnte sogar ein angenehmer Ort für ein Begräbnis sein, und vielleicht konnte ich ja sogar unter der Erde unter dem Baum, wo ich offenbar gerade starb, beerdigt werden. Ich wollte natürlich nicht sterben, aber es kam mir nutzlos vor, mir darüber Sorgen zu machen, dass es passierte, jetzt wo es passierte. »Warum, ach warum nur habe ich Lemony Snicket nicht besser behandelt?«, konnte ich schon fast jemanden klagen hören bei meinem vornehmen Begräbnis.

Aber nach wenigen Augenblicken wusste ich, dass ich nicht tot war, nicht in diesem Moment. Mein Körper fühlte sich nicht vergiftet an. Ich zitterte und erschauerte und würgte auch nicht wie eine versagende Waschmaschine. Ich konnte hier und da ein paar fiese Schrammen von meinem Sturz fühlen, aber ich merkte, dass ich keine ernsthaften Verletzungen hatte, keine Knochenbrüche oder Verstauchungen und auch keine Gehirnerschütterung, ein Wort für die erschreckenden Dinge, die passieren, wenn man sich den Kopf zu sehr stößt. Das hatte ich nicht. Ich war nicht tot und ich war nicht ernsthaft verletzt. Ich war nur sauer und verlegen, was häufig passiert, wenn man ungeschickt ist.

Wenn man ein ungeschickter Mensch ist, dann haut man sich irgendein Körperteil an oder dieser gerät in irgendetwas hinein und wird gequetscht, oder etwas wird in die falsche Richtung gedreht, weil man das Falsche getan hat, weil man ungeschickt ist. Das tut weh und man ist sauer, und wahrscheinlich blickt einen jemand an und wundert sich, wie in aller Welt man es geschafft hat, sich bei etwas anzuhauen, irgendwo hineinzugeraten und sich zu quetschen oder zu verdrehen, das alle andern ständig ohne Zwischenfall machen, und deshalb ist es einem peinlich. Wenn einem etwas peinlich ist, dann ist es einem sonderbarerweise weniger peinlich, sobald man beschlossen hat, dass es peinlich ist, und deshalb blieb ich einfach dort liegen in dem Wissen, dass es mir peinlich war und beschloss, dass peinlich zu sein mir nicht peinlich war, und es wurde mir immer weniger peinlich, während ich dort lag mit meinem Gesicht zwischen den kleinen Steinen.

Noch etwas anderes passiert, wenn man ungeschickt ist, und es ist interessanter, als sauer oder peinlich berührt zu sein, und das ist, dass man Dinge zu sehen bekommt, die die meisten Menschen nicht zu sehen bekommen. Fürs ungeschickt sein wird man mit Anblicken entschädigt, die gewandte Menschen nie zu Gesicht bekommen. Ist man beispielsweise in einer Kunstgalerie und reißt sich das Bein an etwas auf, um das alle anderen problemlos herumgekommen sind, dann bekommt man das Hinterzimmer der Galerie zu sehen, wo sie merkwürdige Skulpturen und Verbandszeug aufbewahren. Wenn Sie bei jemandem in der Küche ein Nudelholz fallen lassen, dann werden Sie einen interessant geformten Klecks Butter und Mehl sehen, den die meisten Menschen niemals sehen, von der Schublade mit den Putzlappen ganz zu schweigen, und wenn Sie den Putzlappen fallen lassen, dann sehen Sie, wie dieser zusammengeknüllt unter dem Küchentisch aussieht, und wenn Sie sich den Kopf am Küchentisch anschlagen, dann können Sie ein Handtuch mit Eiswürfeln darin aus nächster Nähe sehen, während Sie es auf ihren Kopf drücken, damit die Schwellung zurückgeht.

Aus nächster Nähe genoss ich den Blick auf den Kies, über den graziöse Menschen ständig gehen, ohne je zu erfahren, wie er gegen das Gesicht gedrückt aussieht. Es war ein interessanter Anblick, Bruchstücke von Kalkstein und Basalt, winzige Steine, die vor meinen Augen aufragten wie Felsblöcke, und dann drehte ich mich herum, lag auf dem Rücken und blickte geradewegs hinauf in den Baum. Dieser Anblick war sehr viel interessanter, wenn auch ein bisschen schwindelerregend mit all den

Ästen und Blättern, die wie dahintreibende Gedanken über mir hingen, und ich war dankbar für meine Ungeschicktheit, die mir etwas zeigte, das mir beim daran Vorübergehen all die Jahre nie aufgefallen war – etwas, das mich auf den Gedanken brachte, dass ich vielleicht näher daran war, mehr über die rätselhafte und bedrohliche Botschaft in meiner Tasche zu erfahren. Ich schaute an, was in meinem Blickfeld lag, musste aber dann die Augen zusammenkneifen, weil mein Blick von einem Mann verstellt war, der sich über mich beugte und fragte, was passiert war.

»Was ist passiert?«, fragte er.

»Zuerst dachte ich, ich würde sterben«, sagte ich, »aber es war nur so, dass ein Stück Kalkstein oder Basalt unter meinem Fuß wegrollte, als ich darauf trat, und deswegen rutschte mein linker Fuß etwas zur Seite. Ich versuchte, den rechten Fuß in die passende Richtung zu bewegen, um das Gleichgewicht wiederzuerlangen, aber weitere Bruchstücke von Kalkstein oder Basalt verhinderten das, indem sie weiterrollten. Meine Arme waren inzwischen ausgestreckt wie die Tragflächen eines Flugzeugs in einem Versuch, die Schwerkraft davon abzubringen, mich in ihre Klauen zu nehmen, aber ich verrechnete mich und stürzte unter diesem Baum zu Boden.«

»In anderen Worten –«, übersetzte der Mann, »Sie sind ungeschickt.«

Er streckte mir die Hand hin, ich ergriff sie und er half mir auf. »Das ist eine elegante Übersetzung dessen, was ich gerade gesagt habe«, erklärte ich und klopfte mir Kies von der Kleidung. In der Ferne konnte ich Sylvia und Terry, die natürlich nicht Sylvia und Terry waren, auf ihrer Bank sitzen sehen, und die Ziegen, die über die Wiese wanderten. Der Mann, der mit mir sprach, trug einen Anzug in der Farbe eines Tages, an dem Regen droht, sein Lächeln dagegen war ziemlich strahlend. »Das ist lustig, dass Sie das sagen«, entgegnete er. »Ich bin Übersetzer von Beruf.«

»Übersetzer?«, fragte ich überrascht.

»Ja, ich nehme Schriftstücke in einer Sprache und schreibe sie dann in eine andere Sprache um«, antwortete er, »damit mehr Menschen sie lesen können.«

»Das Übersetzen ist eine edle Tätigkeit«, sagte ich. »Welche Art von Texten übersetzen Sie?«

Der Mann blickte mich an und sein Lächeln wurde noch strahlender, und dann sagte er eines meiner liebsten Wörter der ganzen Welt. Das Wort kommt aus dem Lateinischen, einer alten Sprache, die nur noch gesprochen wird, wenn jemand angeben will, was bedeutet, dass jemand sie vor langer Zeit übersetzt hat, damit ich dieses Wort in meinem Leben haben kann. Es ist ein bisschen schwierig zu erklären, warum dieses Wort für mich so wichtig ist. Es ist nur ein Wort für Bücher und Geschriebenes, aber es erweckt einen Eindruck von Achtung und Bewunderung und Hoffnung. Die Achtung gilt den Worten selbst und der Macht, die selbst ein einfaches Wort – wie das Wort »Gift« zum Beispiel – ausüben kann. Die Bewunderung gilt der Art und Weise, wie die Schriftsteller die Wörter in den Büchern, die wir am meisten lieben, zusammenstellen. Und die Hoffnung ist, dass diese Arten von Wörtern und diese Arten von Schriftstellern auch im Lauf der Zeit weiterhin gelesen werden. Es werden nicht immer dieselben Wörter und dieselben Schriftsteller sein, aber sie werden uns erhalten bleiben, hoffen wir, so wie die Wiese andere Ziegen haben wird und der Baum andere Früchte an seinen Ästen, aber der Park wird immer noch da sein und Menschen werden da sein, um ihn zu sehen. Wenn Sie das Wort aussprechen, dann erweisen Sie Büchern und dem Geschriebenen all diese Achtung und Bewunderung und Hoffnung, und deshalb ist es, als würden Sie Ihre Lieblingsbücher bei einem besonderen Namen nennen. Es ist ein Wort, das Bücher und Geschriebenes näher an den Himmel rückt, und auf diese Weise erhebt es uns alle, wenn es ausgesprochen wird. Es war fast schade, dachte ich, dass dies nicht der Augenblick meines Todes war, aber wenn es ein Wort geben musste, dass mein letztes war – und das musste es, entweder gleich jetzt oder ein andermal – dann war dieses kein schlechtes.

»Literatur«, das sagte er.

»Literatur«, wiederholte ich.

»Literatur«, pflichtete der Übersetzer bei. »Tatsächlich bin ich gerade mit einem Schriftsteller hierherspaziert, dessen Bücher ich aus einer anderen Sprache in die, in der wir gerade reden, übersetzt habe. Wir erzählten uns gerade Geschichten, als wir Sie in den Kies stürzen sahen. Wenn Sie ein Freund der Literatur sind, dann würden Sie ihn vielleicht gerne kennenlernen.«

»Das wäre mir eine Freude«, sagte ich, und der Übersetzer führte mich entlang des Weges zu dem Schriftsteller, der in farbenfroher altmodischer Kleidung auf uns wartete. Ich konnte die Sprache des Schriftstellers nicht, und der Schriftsteller nicht meine, aber der Übersetzer konnte natürlich beide Sprachen und übermittelte jedem die Grüße in der betreffenden Sprache. Sie denken vielleicht, dass einem eine Unterhaltung ungeschickt vorkommt, bei der nur eine Person jedes Wort versteht und jeden Satz in zwei verschiedenen Sprachen wiederholen muss, aber der Übersetzer machte das sehr elegant und unser Gespräch verlief ziemlich reibungslos.

»Ich unterhalte mich immer gerne mit Autoren, die ich übersetze«, sagte der Übersetzer und übersetzte währenddessen, »denn wenn ich ein Buch lese, kommt es mir immer vor, als würde ich mich mit dem Autor unterhalten.«

»Mir geht es beim Lesen auch häufig so«, pflichtete ich bei.

»Wenn man also ein Buch liest, das aus einer anderen Sprache übersetzt wurde«, sagte der Autor, und der Übersetzer sorgte dafür, dass ich es verstand, »dann ist es eine Unterhaltung wie diese, bei der einem der Übersetzer hilft.«

»So ist es«, sagte der Übersetzer. »Ich bin froh, wenn ich behilflich sein kann – in der Literatur wie auch im Leben.«

»Nun –«, sagte ich, »dann können Sie mir vielleicht auch hiermit helfen«. Ich griff in die Tasche, zog den Zettel heraus –

Sie hatten Gift zum Frühstück

– und wartete, bis der Übersetzer ihn gelesen und dem Schriftsteller gesagt hatte, was dort stand. Ich weiß nicht, warum ich ihnen den Zettel zeigte, da ich ihn weder meiner Nachbarin noch der Imkerin noch irgendjemandem im Supermarkt gezeigt hatte, aber vielleicht hatte mir das Wort »Literatur« ja den Mut dazu verliehen, eine so merkwürdige Notiz zu teilen. Der Schriftsteller hörte dem Übersetzer zu, hob dann die Augenbrauen und antwortete:

»Diese Botschaft befolgt beide Regeln beim Schreiben eines Buches«, übersetzte der Übersetzer.

»Ich dachte, es wären drei Regeln«, sagte ich.

Der Schriftsteller schüttelte den Kopf, als er verstand, was ich gesagt hatte und hob zwei Finger, eine Geste, die der Übersetzer in ihrer Originalsprache beließ.

»Die erste Regel besagt, ein Überraschungsmoment einzubringen«, sagte ich, »und die zweite besagt, Dinge wegzulassen.«

»Das ist beides dasselbe«, erklärte der Schriftsteller mithilfe des Übersetzers. »Eine Überraschung wird unüberraschend, wenn es eine Erklärung gibt; deshalb muss ein Schriftsteller bestimmte Dinge weglassen, damit die Überraschung überraschend bleibt. Wenn es am Anfang eines Buches heißt *Das Mädchen ging auf eine Tür zu, hinter der sich ein Monster versteckte,* dann hat der Schriftsteller die Überraschung schon verdorben. Lässt man aber das Monster weg und beginnt einfach mit *Das Mädchen ging auf eine Tür zu,* dann wird der Leser ebenso überrascht sein wie das Mädchen, wenn das Monster auftaucht. Ihre zwei Regeln sind in Wirklichkeit zwei Übersetzungen der gleichen Regel.«

»So habe ich das noch nie gesehen«, sagte ich. »Dann besagt die erste Regel also einfach, man soll überraschen.«

»Entschuldigen Sie«, sagte der Übersetzer, »aber ich bin mir nicht sicher, ob *überraschen* wirklich das richtige Wort ist. Als Übersetzer denke ich, da ist etwas Dramatischeres und Komplizierteres angebracht.«

Das richtige Wort zu finden ist natürlich Teil der Arbeit eines Schriftstellers, und beide Schriftsteller versuchten, behilflich zu sein.

»*Alarmierend?*«, schlug ich vor.

»*Alarmierend* erscheint mir zu sprunghaft«, sagte der Übersetzer in einer Sprache und dann in einer anderen.

»*Atemberaubend?*«, schlug der Schriftsteller vor.

»*Atemberaubend* erscheint mir zu glücklich«, sagte der Übersetzer.

»Erstaunlich?«

»Verwirrend?«

»Umwerfend?«

»Betäubend?«

»Überwältigend?«

»Verblüffend?«

Der Schriftsteller und ich schlugen beide Worte in unserer Muttersprache vor, aber keines schien dem Übersetzer wirklich passend, bis einer von uns beiden ein Wort hervorbrachte, von dem dieses Buch, wie ich schon gesagt habe, im Grunde handelt.

»*Fassungslos machend*«, sagte jemand, und alle anderen grinsten zustimmend.

»Die erste Regel handelt von Fassungslosigkeit«, sagte der Schriftsteller, aber er bezog sich dabei natürlich auf das Wort in seiner Sprache anstatt in meiner, »und natürlich weiß niemand, was die zweite Regel ist.«

»Ich ganz bestimmt nicht«, sagte ich, »und ich weiß auch nicht viel über diese Botschaft, obwohl ich mich schon den ganzen Morgen darum bemühe.

»Schon allein das Wort *Gift* ist stark«, sagte der Übersetzer und blickte noch einmal auf den Zettel, »obwohl die Gifte nicht unbedingt stark sein müssen. Ich will Ihnen eine Geschichte erzählen. Vor einigen Jahren leistete ich mir in einem Kaktusgeschäft in meinem Viertel einen Kaktus. Ich stellte ihn in mein Büro, wo nachmittags die Sonne kräftig zum Fenster hereinscheint, und der Kaktus wurde sehr groß und stachelig. Ich war ziemlich stolz darauf. Aber eines Tages beschädigte ich meinen Kaktus.«

»Wie haben Sie das getan?«, fragte ich.

»Ich stellte ein Wörterbuch wieder zurück in ein hohes Regal«, erzählte der Übersetzer, »aber ich rutschte mit dem Daumen ab und stieß einen kleinen Messingtiger vom benachbarten Regalbrett. Ich griff nach unten, um den kleinen Tiger aufzufangen, den ich mir einige Jahre zuvor auf einem Flohmarkt geleistet hatte, doch dabei stieß ich mit der Schulter gegen ein anderes Regal, in dem ein faszinierendes zwölfbändiges Tagebuch etwas nachlässig verstaut war, sodass mir Band sieben auf den Zeh fiel, worauf ich das Wörterbuch auf den Kaktus fallen ließ, der sich unvermittelt und in erschreckender Weise in Richtung Boden bog.«

»In anderen Worten –«, übersetzte ich, »Sie sind ungeschickt.«

Der Übersetzer lächelte reumütig, ein Wort das hier bedeutet »als würde er nur ungern beipflichten«. »Ich bin ungeschickt«, stimmte er zu, »und der Kaktus war ziemlich ramponiert. Im größten Langtrieb klaffte ein Loch, aus dem Flüssigkeit auf den Boden rann.«

Der Schriftsteller sagte etwas, das sich als Entsprechung von »Das tut mir leid« herausstellte.

»Ich hob den Kaktus sofort auf«, sagte der Übersetzer, »und eilte von meinem Büro zum Kaktusgeschäft. Der Kaktus steckte natürlich in einem Blumentopf, aber ich musste die Pflanze selbst festhalten, damit sie sich nicht noch weiter bog und in zwei Teile zerbrach. Die Flüssigkeit lief mir über die Hände und die Dornen stachen mich, sodass ich wiederholt einen Finger oder den Daumen in den Mund steckte, um den Schmerz zu lindern. Dabei schmeckte ich die Kaktusflüssigkeit, und diese war süß und warm.«

»Ich habe selbst Kaktus gegessen«, sagte der Schriftsteller in seiner Sprache, »in einem Omelett, mit einer Frau, die pausenlos weinte.«

»Die Kaktusverkäuferin war praktisch auch am Weinen, als sie meine verletzte Pflanze sah«, sagte der Übersetzer. »Sie sagte, sie würde alles tun, um sie zu retten, aber sie würde wahrscheinlich eingehen. Doch dann warf sie einen Blick auf meine zerstochenen Finger und fragte mich mit besorgtem Tonfall, ob ich etwas von der Kaktusflüssigkeit auf die Hände oder in meinen Mund bekommen hätte, und ich sagte, natürlich hätte ich das. Immerhin hatte ich den verletzten Kaktus mehrere Häuserblocks weit getragen. Mit einem traurigen Seufzer erklärte sie, dass der Kaktus giftig sei.«

Sowohl der Schriftsteller als auch ich ächzten, was nicht übersetzt werden musste.

»Ich fragte die Kaktusverkäuferin, was ich nun tun

solle«, sagte der Übersetzer, »und sie sagte, es gebe kein Gegengift. Sie erklärte, selbst wenn ich ins beste Krankenhaus in der Nähe ginge, könnte niemand etwas tun. Ich sagte ihr, etwas müsse doch zu tun sein, und sie sagte, es gebe überhaupt keine Hoffnung. ›Das Gift‹, sagte sie, ›muss seinen Gang gehen. Ihre Hände und Ihr Mund werden jetzt etwa eine Stunde lang ein wenig jucken, aber dann ist es vorbei.‹«

Der Schriftsteller und ich seufzten erleichtert auf und lachten. »Dann ging es gut aus?«

»Vergiftet«, sagte er, »aber es ging gut aus.«

»Diese Geschichte hat mich fassungslos gemacht«, sagte der Schriftsteller zu ihm.

»Ich fühle mich geschmeichelt«, sagte der Übersetzer.

»Es ist eine verwirrende Geschichte«, stimmte ich zu, »aber ich finde es hilfreich, nicht zu vergessen, dass manche Gifte gefährlicher sind als andere.«

»Ich bin froh, wenn ich behilflich sein kann –«, sagte der Übersetzer, »– in der Literatur wie auch im Leben.«

»Das ist die erste echte Hilfe«, sagte ich, »die ich bekommen habe seit dem Frühstück, und dieses war

Tee
mit Honig,
eine Scheibe Toast
mit Käse,
eine aufgeschnittene Birne
und ein perfekt zubereitetes Ei,

und zum ersten Mal bemerkte ich, dass an diesem Baum, zu dem ich oft spaziere und bei dem ich gelegentlich stürze, Birnen wachsen genau wie jene, die ich zum Frühstück gegessen hatte. Das war mir nie zuvor aufgefallen. Glauben Sie, das hat etwas zu bedeuten?«

Wir drei gingen zum Baum zurück und starrten zu den Birnen hinauf, die teilweise nur Zentimeter über unseren Köpfen hingen und mich an den Ausdruck »tiefhängendes Obst« erinnerten, womit leicht erreichbare Dinge gemeint sind, wenn gleichzeitig schwierigere Aufgaben vor einem liegen.

»Birnen können Ursprung von allen möglichen rätselhaften Dingen sein«, sagte der Schriftsteller. »Ich will Ihnen eine Geschichte erzählen. Vor langer Zeit verkaufte ein Händler auf dem Marktplatz Birnen. Ein wandernder Mönch fragte, ob er eine bekommen könne, aber der Händler weigerte sich. Der Mönch trug eine zerlumpte Kutte, und tat den anderen Marktbesuchern so leid, dass sie den Händler dazu drängten, eine einzige Birne aus seinem Überfluss abzugeben. Als sich der Händler wieder weigerte, kaufte jemand eine Birne und gab sie dem Mönch, der sie verschlang und nur einen einzelnen Kern übrig ließ. Unter den Blicken der Menge pflanzte der Mönch den Kern in die Erde und in wenigen Augenblicken wuchs ein mächtiger Birnbaum in die Höhe voller Früchte, die der Mönch an die Menge verteilte. Der Birnenhändler beobachtete all dies voller Verwunderung und Ärger, und dann bemerkte er mit einem Mal, dass seine ganzen Birnen verschwunden waren. Er glaubte an eine Gaunerei des Mönchs und wollte ihn zur Rede stellen, aber auch der Mönch war verschwunden.«

»Was für eine fassungslos machende Geschichte«, sagte ich. »Warum hat der Mönch um eine Birne gebeten, wenn er sie doch selbst wachsen lassen konnte? Oder hat er die Birnen des Händlers gestohlen und es irgendwie so aussehen lassen, als wären sie auf magische Weise gewachsen?«

Der Schriftsteller antwortete mir nicht, aber jetzt werde ich Ihnen etwas sagen, was Sie wahrscheinlich schon vermutet haben, sodass es keine große Überraschung sein wird. Ich habe Ihnen erzählt, dass alles, was in diesem Buch passiert, wahr ist, und das ist es auch. Wahr ist auch, dass ich immer noch auf dem Kies lag, zum Baum hinaufsah und nachdachte, und es ist wahr, dass ich allein war. Wie ich aus meinem ungeschickten Blickwinkel bemerkt hatte, war der Baum ein Birnbaum, was mich an die Birne erinnerte, die ich zum Frühstück gegessen hatte, weshalb ich natürlich an Gift denken musste, und dann, plötzlich, erinnerte ich mich an meinen verletzten Kaktus und mein kurzes Entsetzen, als meine Kaktusverkäuferin mir erzählt hatte, dass ich vergiftet sei. Aber die Birnen hatten mich auch an die Geschichte erinnert, von der ich Ihnen gerade erzählt habe, dass der Schriftsteller sie mir erzählt hat. Die Geschichte vom Birnenhändler stammte aus einem vor langer Zeit in einer anderen Sprache geschriebenen und erst kürzlich übersetzten Buch. Den Autor der Geschichte habe ich nie kennengelernt, wahrscheinlich weil er Jahrhunderte vor meiner Geburt starb, und auch den Übersetzer habe ich nie getroffen – vielleicht, weil er mir aus dem Weg geht –, aber wenn ich ein Buch lese, kommt es mir vor, als würde ich mich mit dem Autor unterhalten, häufig unterstützt von einem Übersetzer, und deshalb ließ ich mich auf eine Unterhaltung ein, als ich auf dem Kies lag und über einen vergifteten Kaktus und einen Blumenhändler nachdachte und darüber, ob das Einbringen eines Überraschungsmoment wirklich dasselbe ist, wie gewisse Dinge wegzulassen, so wie das Szenario, dass jemand auf eine Reise geht, wirklich dieselbe Geschichte darstellt wie ein Fremder, der in die Stadt kommt, und ob jemand, der etwas verliert tatsächlich die einzige Geschichte ist, und fassungslos zu machen die einzige Regel, natürlich außer der Regel, die niemand kennt. Das Leben ist so, und auch die Literatur: eingebildete Unterhaltungen und wahre Geschichten, die sich vermischen wie Sprachen bei der Übersetzung.

All das dachte ich, während ich dort unter dem Baum lag und zu den tiefhängenden Früchten hinaufsah. Am einfachsten wäre es, nicht mehr an die Birne zu denken, die ich zum Frühstück gegessen hatte. Wie mir der Schriftsteller und der Übersetzer in Erinnerung gerufen hatten, können Birnen der Ursprung von allen möglichen rätselhaften Dingen sein, und wenn ich weiter über sie nachdachte, dann verbrachte ich vielleicht den Rest meines Lebens, so kurz es auch sein mochte, hier im Kies liegend ohne je zu erfahren, ob meine Birne vergiftet gewesen war, und nach ein paar Minuten wurde der Kies zu unbequem, um noch länger darin zu liegen. Ich stand auf, und zwar alleine, und blickte mich um. Weitere schwierige Aufgaben lagen vor mir. Ich musste weitergehen, musste weiter nachdenken und Geschichten erzählen, und ich machte mich auf zum letzten Ort, an den ich gehen konnte, bevor mich das Gift überwältigte und meine Geschichte vorbei war.

Kapitel zehn

Die Philosophie hat man das Streben nach Wahrheit und Weisheit genannt, und »Streben« ist ein Wort, das die Jagd nach etwas bezeichnet, aber natürlich jagt man Wahrheit und Weisheit nicht auf dieselbe Weise, wie man einen Tennisball jagt, der die Einfahrt hinunterrollt oder einen leitenden Angestellten, der einem den Hut gestohlen hat. Beim Streben nach Wahrheit und Weisheit müssen Fragen gestellt werden, und in diesem Teil des Buches wird eine der bekanntesten und schwierigsten philosophischen Fragen gestellt. Diese Frage stellte ich mir auch, als ich, kribbelig von der eingebildeten Unterhaltung, die ich genau wie geschehen wiedergegeben habe, den Park verließ. Sie haben die Frage wahrscheinlich selbst schon gehört, obwohl ihnen möglicherweise niemand gesagt hat, dass sie philosophisch ist. Die Frage lautet: »Was war zuerst da, die Henne oder das Ei?«

Sollten Sie einen Tag lang herumlaufen und Leuten diese Frage stellen, dann würden manche sagen, die Henne war zuerst da, weil Hühner Eier legen, und manche würden sagen, das Ei war zuerst da, weil aus Eiern Hühner schlüpfen. Die meisten Leute werden Ihnen aber sagen, dass sie keine Zeit haben für solchen Unsinn. Die meisten wichtigen Fragen des Lebens werden meistens und von den meisten Leuten abgetan, und es stimmt, dass sich ein großer Teil der Welt lieber etwas Praktischerem widmet – Kinder großziehen beispielsweise oder einen Stuhl in einen bestimmten Teil des Zimmers versetzen oder sich eine Notiz auf einem Zettel machen, damit man daran denkt, einen neuen Duschvorhang zu kaufen – anstatt herumzusitzen und darüber nachzudenken, was zuerst da war, die Henne oder das Ei. Aber etwas geschieht, wenn man über diese gewaltigen Fragen nachdenkt. Wenn Sie sich zum Beispiel ein Huhn vorstellen, das aus einem Ei kam, das aus einem Huhn kam, das aus einem Ei kam, dann wandern Ihre Gedanken wie auf einer Reise, und wie auf allen anderen Reisen wird man unterwegs wahrscheinlich etwas entdecken. Es ist fast so, als wären gewaltige philosophische Fragen überhaupt nicht dazu erdacht, beantwortet zu werden, sondern nur dazu, einen zum Denken zu bringen.

Ich dachte über das Ei nach, das ich am Morgen gegessen hatte, ein perfekt zubereitetes Ei, und mir kam, während ich eine kurvige Straße hinunterging, der Gedanke, wenn ich meinen Geist der Frage »Was war zuerst da, die Henne oder das Ei?« widmete, dann würde ich vielleicht den Ursprung meines vergifteten Frühstücks entdecken, während ich mich dem letzten Ort näherte, den ich besuchen würde.

Ich esse gerne Eier, und Eier sehen auf dem Frühstücksteller so vergnügt aus, dass ich unwillkürlich davon überzeugt bin, dass es ihnen Spaß macht, gegessen zu werden. Ich habe schon oft gedacht, es wäre angenehm, ein Huhn zu sein, denn wann immer man Lust auf ein Ei hat, braucht man sich nur hinzusetzen und sich eines zu machen, obwohl, wenn man sich wünscht, ein Huhn zu sein, dann bedeutet das wahrscheinlich, sich zu wünschen, zuerst ein Ei zu sein, und ich glaube nicht, dass es mir Spaß machen würde, meine eigene Kindheit zum Frühstück zu verspeisen.

Manche Leute erschüttert es, etwas zu essen, das von einem Tier stammt, und das ist ein guter Grund dafür, keine Eier zu essen. Ein anderer Grund ist, wenn man ernsthaft allergisch gegen Eier ist, denn – und daran brauchte man mich an diesem Morgen nicht zu erinnern – es ist kein Spaß, sich gleich morgens nach dem Frühstück Sorgen über den Tod zu machen. Manche Leute sagen allerdings, sie essen keine Eier, weil sie sie nicht mögen. Das ist verdächtig. Eier sind unglaublich anpassungsfähig und können auf verschiedenste Weise zubereitet werden, jede ein anderes Erlebnis für den Gaumen. Wenn man sagt, dass man keine Eier mag, dann ist das, als würde man sagen, man mag keine Bücher oder kein Licht oder kein Ballkleid tragen. Es bedeutet, dass man einfach noch nicht die richtige Sorte gefunden hat.

Mein Frühstücksei war perfekt zubereitet, wie ich schon gesagt habe, und es gibt grundsätzlich fünf verschiedene Arten, ein Ei zuzubereiten. Bei jeder Methode ist eine Art Trick dabei, und ein Trick ist immer nützlich, wenn man lernt, etwas zu tun. Ich habe mir Tricks für Tätigkeiten eingeprägt, zu denen ich kaum einmal komme, einfach weil der Trick so praktisch ist. Ich habe zum Beispiel immer den Satz »Aribert rechnet in totaler Hingabe Mathe einfach tipptopp im Kopf« im Kopf, weil die Anfangsbuchstaben das Wort »Arithmetik« ergeben. Es kommt zwar nur selten vor, dass ich »Arithmetik« buchstabieren muss, aber wenn es passiert, stehe ich mit dem Trick bereit. In ähnlicher Weise habe ich mir für jede Zubereitungsmethode für Eier den passenden Trick gemerkt, und diese ging ich jetzt in Gedanken durch, während ich meinen Weg fortsetzte.

Die erste und beliebteste Art, Eier zuzubereiten, ist Rührei. »Rührei« ist ein Wort, das hier bedeutet »aufgeschlagene, verquirlte und in der Pfanne gebratene Eier«, und der Trick bei Rührei ist, es niemals zu essen. Rührei ist unzuverlässig, ein Wort, das hier bedeutet, dass man nie vorher weiß, wie das Rührei sein wird – ob man es nun selbst zubereitet oder jemand anderen dazu überreden kann. Rührei kann dünnflüssig sein, ein Wort das ebenso abscheulich zu lesen wie zu erleben ist, oder klumpig, so als wäre es von einem Hammer oder einer geistesgestörten Person bearbeitet worden. Rührei kühlt sehr schnell ab, es kann also kalt sein, und wenn man einen Bissen kaltes Rührei gegessen hat, kann es ein Jahr dauern, bis man sich davon wieder erholt, aber Rührei brennt auch leicht an und man bemerkt möglicherweise etwas im Mund, das sich wie die brennende Sohle von einem uralten Schuh anfühlt. Bei Rührei können mehrere dieser Fehler unterlaufen, oder auch alle gleichzeitig, und das weiß die ganze Welt, und deshalb sind häufig andere, verlässlichere Dinge darin enthalten, wie beispielsweise Käse oder Tomaten oder Austern oder Zwiebeln, und Rührei wird zu einem sehr viel köstlicheren Gericht, so als ob man seine hässliche Unterwäsche unter einer schicken Hose versteckt, weil Rührei eine derart unzuverlässige Sache ist. Ich habe eine gute Freundin, die in einem Restaurant einmal Rührei bestellt hat. Als es gebracht wurde, war es ganz und gar nicht so, wie sie es mag, und sie bat den Koch, es noch einmal zuzubereiten, und dann noch einmal, und noch einmal. Der Koch wurde wütend, mir war die Angelegenheit peinlich und meine Freundin wurde immer hungriger, und man hätte das alles vermeiden können, wenn sie nie die Worte »Rührei, bitte« ausgesprochen hätte.

Die zweite Art, Eier zuzubereiten, ist Spiegelei, und der Trick bei Spiegelei ist, sich an die Worte eines großen Komponisten zu erinnern. Der Komponist, den ich meine, hat sehr langsame und ruhige Musik geschrieben, und als man ihm einmal nach seiner Kompositionsmethode fragte, antwortete er, er würde die Noten niemals herumbewegen. »Nicht mal ein kleines bisschen?«, wurde er gefragt, und er antwortete, nein, auch kein kleines bisschen. Ich weiß nicht, was das bedeutet, nicht mal ein kleines bisschen, aber zum Spiegelei braten gibt man ein bisschen Butter in eine Pfanne und stellt die Pfanne auf etwas Heißes wie zum Beispiel eine Flamme. Wenn die

Butter schmilzt, schlägt man ein Ei auf, kippt den Inhalt in die Pfanne und wirft die Schale irgendwo anders hin. Eingedenk der fassungslos machenden Worte des Komponisten bewegt man das Ei nun nicht herum, nicht mal ein kleines bisschen. Man brät das Ei, bis das Eiweiß nicht mehr glänzt, das Eigelb aber immer noch hell und sonnig aussieht. Manche Leute wenden das Ei nun auf die andere Seite – vermutlich weil sie lieber etwas essen, das fleckig und fettig aussieht anstatt wie ein Sonnenaufgang. Trauen Sie diesen Leuten nicht. Wenn sie Komponisten wären, würden sie wahrscheinlich die Noten herumbewegen.

Die dritte Art, Eier zuzubereiten, ist sie zu pochieren, ein Wort, das hier bedeutet »sachte geköchelt und köstlich«, und der Trick beim Pochieren von Eiern ist, dass man dem Wasser ein bisschen Essig zusetzt. Essig ist eine stechend riechende Flüssigkeit mit einer magischen Wirkung auf ein pochiertes Ei. Um diese Magie zu erleben, kocht man Wasser in einem kleinen Topf auf und gibt ein bisschen Essig dazu. Dann schlägt man ein Ei auf, gibt es in eine kleine Tasse und bildet im Topf mit einem Löffel eine Art Whirlpool, in den man das Ei hineingleiten lässt. Das Wasser kocht das Ei und der Essig macht es fluffig, und deshalb ist es, als hätte man einen hinter Wolken verhangenen Mond bekommen, wenn man ein pochiertes Ei zum Frühstück isst. Zu den Dingen, die ich mit völliger Sicherheit weiß, zählt, dass wenn Sie ein pochiertes Ei nicht mögen, mit Ihnen etwas nicht stimmt.

Die vierte Art, Eier zuzubereiten, ist Ei im Näpfchen, und der Trick für Ei im Näpfchen ist, dass man sich die

Finger verbrennen muss. Wenn Sie Konzertpianist sind oder einfach nur gern mit dem Finger auf Leute zeigen, dann sollten Sie Ihre Eier im Näpfchen von anderen zubereiten lassen, damit Ihre Finger attraktiv und verwendbar bleiben. Wir anderen sollten einen Ofen auf starke Hitze einstellen und in einem Buch ein paar Seiten lesen, bis der Ofen vorgeheizt ist. Dann schlägt man ein Ei in ein Näpfchen, ein Wort das ein bisschen nach einem sanitären Gegenstand für Kinder klingt, aber in Wirklichkeit ist es eine kleine Auflaufform aus Keramik, die im Ofen sehr heiß wird. Und daran werden Sie sich ihre Finger verbrennen. Stellen Sie das Näpfchen in den Ofen, bis das Ei wie etwas aussieht, das man essen möchte. Schalten Sie den Ofen aus, nehmen Sie das Näpfchen heraus und verbrennen Sie sich dabei die Finger, obwohl Sie einen Ofenhandschuh tragen. Essen Sie Ihr Ei im Näpfchen, während Sie weinen und Ihre Finger versorgen in dem Wissen, dass es jedem so geht, der Ei im Näpfchen zubereitet. Es gibt keinen Trick, um zu verhindern, dass man sich die Finger verbrennt – nur den Trick, dass man sich klarmacht, dass sich diese schreckliche Begebenheit zwangsläufig von Zeit zu Zeit ereignet.

Die letzte Art, Eier zuzubereiten, ist sie zu kochen, und der Trick bei der Zubereitung eines gekochten Eis ist, sich daran zu erinnern, dass man sterben wird. Kochen Sie Wasser in einem Topf, und dieser ist die Welt. Geben Sie ein Ei in den Topf, und das sind Sie. Stechen Sie das Ei vorher mit einer Nadel an, aber machen Sie sich keine Sorgen, weil sich das Ei nicht daran erinnern wird, so wie Sie sich nicht an Ihr Leben erinnern, bevor Sie auf die Welt kamen. Das von der Nadel gestochene Loch verhindert, dass das Ei unter dem Druck platzt, was manche Eier – und manche Menschen – gelegentlich tun.

Wenn das Ei im kochenden Wasser ist, müssen Sie es mit einem Sieblöffel bewachen. Sie sind die Gestalt des Todes. Das Ei weiß nicht, wie lange es auf der Welt sein wird, bevor der große Löffel des Todes es heraushebt. Vielleicht wird es lange kochen, wenn jemand ein hartes Ei möchte, was praktisch ist für ein Picknick oder wenn man es jemandem zuwerfen und ihn so erschrecken will. Vielleicht wird es aber auch nur kurz kochen, drei Minuten vielleicht, und aus einem Eierbecher genossen werden, ein Wort für einen Becher, in den ein Ei passt. Man kann es mit einem winzigen Löffel essen, zusammen mit einer aufgeschnittenen Birne, einer Scheibe Toast mit Ziegenkäse und einer Tasse Tee mit Honig, und all das genießen, während man liest und keine Ahnung hat, dass es das letzte Frühstück ist, wenn heute der Tag ist, an dem man aus der Welt gelöffelt wird, aber dabei hofft, dass man, nicht wie das Ei zu-, sondern perfekt vorbereitet ist.

Ich hatte die ganze Zeit über Eier nachgedacht, aber jetzt wandte ich meine Aufmerksamkeit Gedanken über Hühner zu, obwohl Hühner grundsätzlich auf dieselbe Weise zubereitet werden können, mit den gleichen Tricks. Gekochtes Huhn ergibt eine wohltuende Suppe, wenn man krank ist und sich fragt, ob man sterben wird. Man wird sich die Finger verbrennen, wenn man Huhn im Ofen brät, und ein sorgsam pochiertes Huhn wird ein bisschen fluffig schmecken. Beim Braten in der Pfanne sollte man das Huhn nicht herumbewegen, und es liegt so schwer im Magen, dass man sich nicht herumbewegen möchte, wenn man es gegessen hat, nicht mal ein kleines bisschen, und der Trick für Rührhuhn ist, es niemals zu essen.

Wie schon vermutet, hatte all das Nachdenken über die Henne und das Ei mir nicht bei der Antwort auf die Frage geholfen, was nun zuerst da war. Aber es hatte mich wie erhofft auf einen Weg gebracht. So ist mir nun klar geworden, dass mein Ei perfekt zubereitet gewesen war, woran ich Sie alle paar Seiten erinnert habe. Ein perfekt zubereitetes Ei würde kein Gift enthalten, und selbst wenn doch, dann würde dieses wahrscheinlich zum Loch der Nadel herauslaufen, während das Ei gekocht wird. Das war aber nur eine sehr geringfügige Erkenntnis verglichen mit dem riesigen Meer an Philosophie, in dem mein vergifteter Kopf schwamm. Mein kribbeliger Verstand hatte sich einer längeren, stilleren Denkweise hingegeben, um etwas anderes als die Antwort auf eine unbeantwortbare Frage zu entdecken.

Ich erinnere mich genau, wie ich das erste Mal wusste, dass ich auf diese Weise dachte. Es war ein Buch, das mich dorthin geführt hat, eines der größten jemals geschriebenen Bücher. Das Buch hat etwas Rätselhaftes, aber es ist auch ein Buch über Philosophie mit gewaltigen Fragen und kleinen Sätzen voller Wahrheit und Weisheit, geschrieben auf Papierschnipsel. In dem Teil, den ich am liebsten mag, fängt ein Mädchen an, über die Welt nachzudenken in der Hoffnung, etwas über das Rätsel, das sie umgibt, herauszufinden, und sie schließt die Augen und stellt sich vor, sie wäre in einer dunklen Höhle, auf einem Weg, der sie immer weiter hineinführt, und genauso kann sich das Ergründen eines Rätsels anfühlen. Als sie sich nicht mehr vorstellen kann, noch tiefer hineinzugehen, biegt sie um eine Ecke und sieht einen Tiger, der in der Höhle auf einer Decke sitzt. Der Tiger sagt kein Wort und sie fragt sich, ob dieser Tiger der Ursprung der rätselhaften Welt ist, in der sie lebt. *Gott?* denkt sie bei sich und fragt sich dann, *Aber wer hat dann die Decke gemacht?*

Als ich das erste Mal dieses Buch las war ich noch ziemlich jung, und als ich zu dem Satz kam *Aber wer hat dann die Decke gemacht?* kniff ich die Augen zusammen, und das Mädchen und der Tiger und die Höhle verschwanden alle miteinander. Ich war nicht mehr in der Welt des Buchs, das die Landschaft um mich herum verändert hatte. Ich war in der Welt, in der ich im Bett las, mit einer Hand das Buch hielt und mit der anderen meine Bettdecke umklammerte. Ich blickte nach unten, fort von dem Satz *Aber wer hat dann die Decke gemacht?* Und sah meine Decke an und fragte mich, wer sie gemacht hatte. Und in diesem Moment begriff ich, soweit ich mich erinnern kann, zum ersten Mal, dass ich nichts wusste, dass all die winzigen Dinge in meinen Gedanken nur kleine Tricks waren, so weit von Wahrheit und Weisheit entfernt wie Essig von der Frage, ob das Huhn oder das Ei zuerst da war. Ich wusste überhaupt nichts, angefangen bei der Frage, wer die Decke gemacht hatte, die auf mir lag, bis zu der Frage, warum ich mich morgens hinausschlich und den Vögeln am Wasser ein heimliches Frühstück brachte. Kurz gesagt war ich fassungslos, aber wenigstens hatte ich ein Buch in der Hand und ich wusste, wo das Buch herstammte. Das wusste ich jetzt. Das Rätsel meiner Vergiftung hatte ich nicht gelöst, noch nicht, aber ich wusste, wohin ich jetzt gehen würde und was ich unternehmen könnte, um mehr zu erfahren.

Ich kam an. Ich ging die Stufen hinauf. Ich öffnete die Tür und betrat die Bücherei.

Kapitel elf

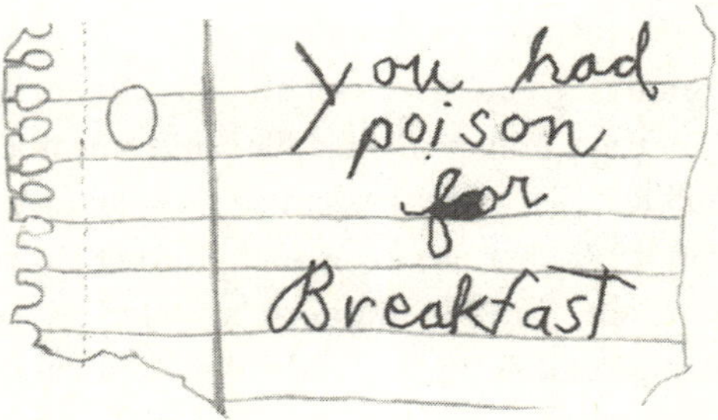

Sie hatten Gift zum Frühstück

Ich kann nur schwerlich übertreiben, wie sehr ich Büchereien liebe. Es ist natürlich nicht unmöglich, weil ich ein Schriftsteller bin, und Schriftsteller übertreiben immer. Würde ich schreiben, ich liebte Büchereien so sehr, dass ich, in einem brennenden Haus vor die Wahl gestellt, entweder einen Schnipsel Papier mit dem daraufgeschriebenen Wort »Bücherei« oder die dreihundert Menschen, die ich auf der Welt am meisten liebe, zu retten, und ich würde mich für den Schnipsel Papier entscheiden, dann wäre das eine Übertreibung, denn natürlich würde ich all die verängstigten Menschen retten. Aber während ich sie in Sicherheit bringe, wäre ich ein bisschen traurig, dass das Wort »Bücherei« zu Asche zerfallen wird, weil ich Büchereien liebe. Schon eine nur zu betreten und in einem Raum zu atmen, in dem so viel

Literatur versammelt wurde, ist so ein machtvolles Gefühl, dass mir oft die Tränen kommen, obwohl das auch an meiner leichten Stauballergie liegen könnte.

Ich ging hinein und sah mich um. Es war immer noch am Morgen, und die Bücherei war noch nicht lange geöffnet, und deshalb machten die Bücher in den Regalen einen Eindruck von Bereitschaft. Ihre Buchrücken waren säuberlich aufgereiht in allen Farben und Breiten, die man sich vorstellen kann, wie eine Mannschaft von Kameraden, die bereit dazu war, in Aktion zu treten. Die Etiketten mit ihren Nummern wirkten präzise und diensteifrig. Es gab Bücher über alle möglichen Themen, von aufregenden, unbedingt lebensnotwendigen Dingen zu solchen, um die sich zu kümmern es keinen vernünftigen Grund gab, aber in einer Bücherei schlagen die Themen immer wieder Haken zum Bedeutsamen oder Interessanten. Jeder Besucher einer Bücherei sucht nach etwas anderem, und deshalb ist das von einem selbst kaum wahrgenommene Buch genau das, das jemand anderem den Atem stocken lässt, wenn er es findet, und das Buch, das einen immer zum Lachen bringt, macht jemand anderen vielleicht gerade krank. Als jemand, der Bücher schreibt, erfüllt mich das immer mit Hoffnung. Vielleicht wartet eines meiner Bücher – dieses Buch über Philosophie beispielsweise – missachtet und einsam weit oben in einem Regal, aber eines Tages wird ein Leser in die Bücherei kommen und den Rücken des Buchs erkennen, auf das er gewartet hat, und er wird mein Buch aus dem Regal reißen und sich darauf stellen, um das Buch zu erreichen, das er unbedingt lesen möchte.

Bücher sind allerdings nur ein Teil einer Bücherei. Eine anständige Bücherei hat mindestens eine fantastische Bibliothekarin, vorzugsweise mehr als eine, damit, sollte die fantastische Bibliothekarin zum Mittagessen gehen oder in eine Teergrube stürzen, noch ein Ersatz da ist. Eine fantastische Bibliothekarin kann einem behilflich sein, das zu finden, was man sucht, und das nicht nur, wenn es ein Buch ist. Eine fantastische Bibliothekarin kann einem dabei helfen, ein Hobby oder eine Beschäftigung zu finden, ein Heilmittel oder eine Herausforderung, eine stille Tatsache oder eine laute Meinung, oder eine Kleinstadt, in der man sich monatelang verstecken kann. Eine fantastische Bibliothekarin weiß mehr über das, was man sucht, als man selbst, so wie ein Keks in einer Bäckerei weiß, dass man ihn essen möchte, bevor man selbst weiß, dass er aus dem Ofen heraus ist, und wie ein guter Keks macht sich eine fantastische Bibliothekarin nicht damit wichtig, sondern wartet schweigend darauf, dass man selbst den Mund aufmacht. Ich schämte mich ein bisschen, weil ich nicht früher daran gedacht hatte, zur Bücherei zu gehen, um der Sache mit meiner bedrohlichen Botschaft nachzugehen, aber ich tröstete mich, indem ich mir in Erinnerung rief, dass die Bücherei frühmorgens gar nicht offen hatte, wahrscheinlich damit die fantastischen Bibliothekare sich mit einem herzhaften Frühstück für den Tag stärken können. Ich entdeckte meine Lieblingsbibliothekarin sofort, aber sich wichtig zu machen ist ihr so zuwider, dass sie ihren Namen nicht auf diesen Seiten lesen möchte, und deshalb setze ich sie im Rahmen dieses Buchs gleich mit der großen amerikanischen Dichterin Emily Dickinson.

In Wirklichkeit ist sie natürlich nicht Emily Dickinson. Die ist tot und muss den Gerüchten nach eine so seltsame Person gewesen sein, dass sie wahrscheinlich keine gute Bibliothekarin abgegeben hätte, aber in diesem Buch ist sie ziemlich lebendig und sehr kompetent, und ich war sehr froh, sie zu sehen.

»Guten Morgen, Ms. Dickinson«, sagte ich. »Ich bin froh, Sie zu sehen.«

»Ich bin auch froh, Sie zu sehen, Mr. Snicket«, antwortete die Dichterin. »Wie kann ich Ihnen behilflich sein? Von hier wo ich sitze kommen Sie mir ein bisschen besorgt vor.«

Wo Emily Dickinson saß, stand ein eleganter hölzerner Schreibtisch, den etwa hundert Jahre nach ihrem Tod eine Bank der Bücherei gestiftet hatte. Sie klappte das Buch zu, das sie las, und blickte mich erwartungsvoll an, als ich die Botschaft herauszog und sie ihr zum Lesen über den Tisch schob.

Sie hatten Gift zum Frühstück.

Ich beobachtete, wie ihre Augen mehr als zweimal über den Zettel huschten. Eine fantastische Bibliothekarin liest alles zweimal, mindestens.

»Sie haben mir schon eine stattliche Anzahl fassungslos machender Zettel gebracht«, sagte sie, »aber dieser könnte der am meisten fassungslos machende von allen sein.«

»Ich würde lieber nicht sterben«, erklärte ich ihr, »und deshalb habe ich den ganzen Morgen darüber nachgedacht.«

»Nun, das scheint ja ein großer Teil Ihrer Beschäftigung zu sein, Mr. Snicket. Ist das nicht so? Sie wandern durch die Straßen, normalerweise mit einem Buch und einigen Papierschnipseln in der Tasche, denken über Dinge nach und schreiben sie auf, und früher oder später kommen Sie in einer Bücherei an.«

»Das stimmt«, sagte ich. »Heute Morgen habe ich das Haus verlassen, um einem Fremden zu folgen, aber er verschwand. Ich habe ein Teegeschäft besucht, aber es war geschlossen. Ich habe mich mit meiner Imkerin unterhalten und sie wies mich in Richtung Wasser. Ich sprang ins Wasser und dachte an den Supermarkt. Ich entkam dem Supermarkt und ging in den Park. Ich fiel im Park hin und führte eine Unterhaltung. Die Unterhaltung bildete ich mir ein und deshalb stellte ich eine Frage. Aber die Frage hatte keine Antwort, und die ganze Zeit dachte ich nach und schrieb Notizen für mich selbst, und ich bin mir nicht sicher, ob ein einziger Zettel davon auch nur irgendwie nützlich war.«

»Das ist eine der Enttäuschungen, die ein Leben für die Literatur mit sich bringt«, sagte die Bibliothekarin wehmütig und wies auf die Bücher, die uns umgaben. »Zahllose Schriftsteller drücken zahllose Ideen auf unzähligen Stück Papier aus, und in irgendeinem unbekannten Moment wird ein ganz bestimmtes Buch, ja sogar ein ganz bestimmter Satz, zu genau dem richtigen für die richtige Person. Niemals wissen wir, wann ein Schnipsel Literatur seine Sternstunde erlebt.«

»Aber was sollen wir tun?«, fragte ich, wie sich zahllose Leser bereits gegenseitig gefragt haben.

»Wir lesen weiter, immer weiter«, sagte die Bibliothekarin bestimmt, »und vielleicht sind ja wir an der Reihe, zu triumphieren.« Sie reichte mir meinen Zettel und schlug das Buch auf, das sie gerade las. »Ich habe den ganzen Morgen mit einer Geschichte über einen Komponisten zugebracht, der über sehr viel beunruhigendere Umstände triumphiert hat als die Ihren, Mr. Snicket.«

»Der Komponist, der seine Noten nie herumbewegt hat, nicht mal ein kleines bisschen?«

»Nein, nicht der«, sagte Emily Dickinson. »Die Musik dieses Komponisten ist wirklich sehr bewegend, und ich habe gerade die Geschichte erfahren, wie mein Lieblingsstück von ihm geschrieben wurde. Der Komponist war von einer Armee gefangen genommen worden und musste in einem Gefangenenlager leben. An diesem schrecklichen Ort traf er drei andere Musiker, und mit einem zerbrochenen Bleistift und einem alten Stück Papier, das ihm ein Wachmann gegeben hatte, schrieb er ein Stück, das die vier zusammen spielen konnten. Irgendwie fanden sie Instrumente – eine Geige, ein Cello, eine Klarinette und ein Klavier, alle fürchterlich ramponiert – und stellten ein Freiluftkonzert auf die Beine. Am Tag des Konzerts regnete es in Strömen, aber sie führten dieses neue und seltsame Stück vor Hunderten von Häftlingen und Wärtern auf, die sich eingefunden hatten, um es zu hören.« Sie blätterte in ihrem Buch, bis sie fand, wonach sie suchte. »Wissen Sie, was der Komponist über diesen Tag sagte, Mr. Snicket?«

»Ich kann es mir nicht vorstellen«, sagte ich.

»Das konnte ich auch nicht«, sagte die Bibliothekarin. »Ich kann mir eigentlich nicht vorstellen, wie es in einem Gefangenenlager ist. Ich habe Bücher gelesen und Bilder gesehen und weiß deshalb, dass Gefangenenlager für gewöhnlich aus einer Ansammlung von schwer bewaffneten und sehr ungemütlichen Gebäuden oder Zelten bestehen. Die Gefangenen müssen dicht gedrängt schlafen und den ganzen Tag lang anstrengende Arbeit verrichten, und das Essen reicht kaum für alle. Aber ich kann es mir trotzdem nicht richtig vorstellen. Ich kann mir nicht wirklich einen Ort ausmalen, an dem nicht einmal ein einfaches Schreibgerät zu finden ist, oder wo Hunderte von Menschen im Regen stehen und zuhören, wie vier Musiker auf ramponierten Instrumenten spielen.«

»Das kann ich auch nicht«, sagte ich. »Erzählen Sie mir, was er sagte.«

Emily Dickinson nickte und las mir aus der Geschichte des Komponisten vor. *»Niemals hat man mir mit solch andächtiger Aufmerksamkeit und solchem Verständnis zugehört«*, sagte sie. »Das bedeutet, alle hörten sehr genau hin und alle verstanden seine Musik wie nie zuvor.« Sie schloss das Buch und blickte es voller Bewunderung an. »Das war seine Sternstunde. Können Sie sich das vorstellen?«

»Nein«, sagte ich. »Ich glaube, ich sollte besser weiterlesen.«

Die Bibliothekarin wies mich mit einem kleinen Gruß zu einem Tisch, an dem ich gerne lese oder einfach nur dasitze und nachdenke. Es stimmte, dass ich mir die Geschichte, die sie mir erzählt hatte, nicht vorstellen konnte, nicht wirklich. Ich konnte einen zerkratzten Bleistift aus gesprungenem Holz sehen, wie man ihn normalerweise vielleicht wegwerfen würde. Ich konnte mir ein altes Klavier vorstellen, auf das es regnete. Aber ich konnte mir nicht die Musik vorstellen und auch nicht die Verzweiflung oder die bedrohliche Hässlichkeit des Lebens in einem Gefangenenlager. Es fühlte sich einsam an, über etwas nachzudenken, das ich mir nicht vorstellen konnte. Als Schriftsteller ist die Vorstellungskraft mein wichtigstes Werkzeug, wichtiger als ein Bleistift oder ein Papierschnipsel. Noch bevor ich schreiben konnte, konnte ich mir Dinge vorstellen, aber jetzt schien meine Vorstellungskraft nutzlos angesichts von solch ungeheuerem Leiden.

Die mit mir befreundete Schuhmacherin lebte eine Weile an einem solchen Ort, einem Gefangenenlager voller Hunger und Tod. Es war natürlich nicht ihre Entscheidung, dort zu leben. Sie wurde dort mit ihrer Schwester gefangen gehalten, die nicht überlebte. Jeden Morgen, erzählte mir die Schuhmacherin, gingen sie unter den wachsamen Blicken der Wärter zusammen auf dem Gelände des Lagers herum, und hier ist es notwendig, dass ich Ihnen erzähle, warum ich diese Freundin eine Schuhmacherin nenne. Das war für den größten Teil ihres Lebens nicht ihr Beruf. Aber sie hatte geschickte Hände und erledigte mit dem dürftigen Material, das im Lager verfügbar war, alle möglichen Basteleien und Reparaturen. Das hatten auch die Wachleute bemerkt und sie gebeten, ihre in den rauen Wintern aufgerissenen und zerfledderten Schuhe zu flicken. Wenn Wächter Gefangene um etwas bitten, dann bitten sie natürlich nicht. Sie zwingen die Gefangenen, und die Schuhmacherin wurde dazu gezwungen, eine Schuhmacherin zu werden. Für den Rest ihres Lebens bezeichnete sie sich manchmal selbst als Schuhmacherin, immer mit einem Lächeln, das traurig war wegen ihrer Vergangenheit und dankbar dafür, dass es vorbei war.

Ich kann mir das nicht vorstellen, nicht wirklich, und irgendwie scheint es, als hätten es die Schuhmacherin und ihre Schwester eigentlich auch nicht gekonnt, und deshalb stellten sie sich etwas anderes vor. Zu den Rätseln der Welt zählt, dass man in Gedanken die Landschaft verändern kann, und dann bewegt und verändert sich alles so, wie man es sich vorstellt. Die Schuhmacherin erzählte mir, sie und ihre Schwester hätten beim Rundgang durch das Gefangenenlager immer so getan, als wäre es ein schicker Country Club, wo reiche Leute spazieren gingen, sich unterhielten und feine Dinge aßen. Die Schuhmacherin und ihre Schwester gingen im Gefangenenlager herum und unterhielten sich miteinander wie vollkommen sorgenfreie Menschen und tauschten winzige Beschwerden über den Country Club ihrer Vorstellung aus. »Die Zitronenscheibe in meinem Wasser fand ich unmöglich«, sagte die Schuhmacherin dann an einem Ort, wo man selten sauberes Wasser bekommen konnte. »Das Salatblatt auf meinem Sandwich war schon welk«, sagte ihre Schwester, die bald darauf verhungern sollte. Es ist eine wahre Geschichte über den Ort, an dem sie waren und was sie sich vorstellten, aber so oft ich mich auch hinsetze und darüber nachdenke, kann ich es mir nicht wirklich vorstellen.

Ich saß in der Bücherei und dachte noch einmal darüber nach, nicht nur über die Geschichte der Schuhmacherin, sondern auch über die Geschichte des Komponisten, beide traurig, beide verzweifelt und beide an ähnlichen, schrecklichen Orten. Solche Geschichten geschehen immer wieder und wieder und wieder, und es ist eines der erschütterndsten Rätsel der Welt, dass sich das offenbar niemals ändert. »Nur wenige Menschen können glücklich sein«, sagt ein berühmter Philosoph, »ohne dass sie eine andere Person, Nation oder Überzeugung hassen.« »Überzeugung« ist das, was Leute glauben, und ich glaube, dass sich alle Menschen auf der Welt so erwünscht und sicher fühlen sollten wie ich in der Bücherei. Aber so läuft es natürlich nicht. Auf der ganzen Welt sind Menschen unerwünscht und in Gefahr, und es liegt an anderen Menschen, dass sie sich so fühlen. Wir alle fühlen es. Es geht uns schlecht zu Hause oder in der Schule oder wir haben Angst, wenn wir auf der Straße laufen, und an Orten aller Art werden wir terrorisiert, Orte des Grauens und der Verzweiflung auf der ganzen Welt. Das Leiden ist nicht immer gleich und wir leiden nicht alle gleichzeitig, aber jede Person oder Nation und Überzeugung ist schon an der Reihe gewesen oder wartet darauf, zu leiden oder uns Leid aufzuzwingen, und für manche von uns ist das manchmal und in manchen Momenten irgendwo auf der Welt so schrecklich, dass nur die Flucht in die Welt der Vorstellung bleibt, weil wir uns nicht vorstellen können, was geschieht und was wir getan haben. Wir haben uns selbst vergiftet, dachte ich und blickte auf den Papierschnipsel in meiner Hand, und ich fühlte mich so überwältigt, so fassungslos dort in der Bücherei, dass ich mich im Raum wieder nach der Bibliothekarin umblickte, damit ich sie noch einmal fragen konnte, was zu tun sei.

Aber ich kannte natürlich ihre Antwort: weiterlesen, und ich zog das kleine Buch aus der Tasche, das Buch, das ich beim Frühstück gelesen hatte. Es war eine alte Gedichtsammlung, viel älter als die Werke von Emily Dickinson, die hinter ihrem Schreibtisch mit irgendetwas beschäftigt war. Ich dachte, es könnte in meiner Fassungslosigkeit vielleicht ein bisschen tröstlich sein, ein paar Zeilen in diesem Buch zu lesen, die ich bereits mehrmals gelesen hatte. Ich hatte mir meine liebsten Gedichte im Inhaltsverzeichnis angestrichen und auch hier und da ein paar Bemerkungen an die Ränder geschrieben.

Aber als ich das Buch aufschlug, fand ich keinen Trost, und ganz gewiss keine Heilung in meinem fassungslosen Zustand. Wenn überhaupt, dann war meine Fassungslosigkeit noch größer. Denn ich sah die Bemerkungen, die ich an die Ränder geschrieben hatte. Meine Handschrift ist oft und von verschiedenen Erwachsenen, die glaubten, ihre Aufgabe wäre, mich zu verbessern, als »undeutlich«, beschrieben worden und tatsächlich schweift sie hierhin und dorthin in ihren ganz eigenen Figuren und Schleifen, als würden die Buchstaben in der Stadt herumwandern, anstatt in einer geraden Linie zu marschieren. Aber für mich ist meine Handschrift immer deutlich, und das war sie auch in diesem Moment. Ich wusste, dass es meine eigene Handschrift war, nicht nur auf den Seitenrändern des Buchs, sondern auch auf dem Papierschnipsel, der mich den ganzen Tag fassungslos gemacht hatte.

Kapitel zwölf

Sie hatten Gift zum Frühstück.

So ist das bei mir mit dem Schreiben. Das fertige Buch, wie Sie gerade eines in Händen halten, sehe ich als kleines Tier, das seine speziellen tierischen Aufgaben erfüllt: kleine Geräusche machen, an etwas auf dem Boden herumpicken und auf die anderen Tiere auf dem Scheunenhof der Literatur einwirken. Es ist in anderen Worten ein Huhn, und das Ei, dem es entsprungen ist, ist das fertige Manuskript, ein Ausdruck der hier bedeutet »ordentlich abgetippte Seiten mit lauter sorgfältig nach grammatikalischen oder orthographischen Felern durchgesehenen Sätzen.« Dieses Ei, mein endgültiges Manuskript, entstammt einem früheren Entwurf des Buchs, der abgetippt und dann überzogen wird mit ausgestrichenen Redewendungen und hinzugefügten Abschnitten mit großen gebogenen Pfeilen, die Teile des Buchs von einem Ort an einen anderen versetzen, während mein Stift über dieses Huhn von einem Entwurf gackert und kräht. Vor diesem Entwurf liegen mehrere andere, wie noch ein Ei und noch ein Huhn und so weiter und so fort, während ich entscheide, was in die Geschichte hineinkommt und was weggelassen wird, und deshalb ist in diesem fertigen Buch das Buch über David und der Film über Eve enthalten, aber nicht das Buch über Leander und der Film über Lady Sylvia, obwohl ich diese ebenfalls gerne mag.

Vor diesen vorigen Entwürfen dieses Buchs kommen verschiedene Ideen dafür, was das Buch sein könnte. Diese Ideen schreibe ich in ein Notizbuch, das ich bei mir habe, aber nicht immer. Ich habe mich immer wieder angewiesen, das Notizbuch allezeit zur Hand zu haben, aber wenn man mir sagte, ich solle mich in einem Wort beschreiben, dann wäre das »nicht sehr gut im Befolgen von Anweisungen«. Manchmal ist mein Notizbuch in meinem anderen Mantel oder in der Tasche einer Hose, die ich gerade nicht trage. Manchmal habe ich es in einem anderen Zimmer liegenlassen oder in einem anderen Büro und einmal sogar auf dem Rücksitz eines Taxis, das ich an einem Regentag hatte ausfindig machen können. Manchmal ist es am Strand und ich bin meilenweit entfernt im offenen Wasser, aber manchmal ist es ganz in der Nähe, und ich bin einfach zu faul, um aufzustehen oder mich danach zu bücken oder mich zu strecken oder darunterzusehen, um es zu finden, aber häufig ist die Idee so aufregend, dass ich gar nicht abwarten kann, und wenn das passiert, dann schreibe ich meine Idee auf irgendetwas, das ich in die Hand bekomme, auf Karteikarten oder Millimeterpapier, alte Einkaufszettel oder Lesezeichen, und natürlich auf Papierschnipsel, die klein und weiß sind wie Eierschalen und in der Brise flattern wie Hühnerfedern. Ich ziehe sie wie eine Schleppe hinter mir her, wohin ich auch gehe, und ich finde sie überall, auf Schreibtischen und in Schubladen und zurückgelassen in Bücherregalen und auf den Boden gefallen, wo ich heute Morgen einen gefunden hatte, der mir meldete, ich hätte Gift zum Frühstück gegessen.

Sie finden es vielleicht unglaublich, dass ich weder meinen eigenen Papierschnipsel noch meine Handschrift noch meine eigene Idee erkannte. Aber ich glaubte es. Ich finde so viele Dinge, die ich vergessen habe, bis ich sie wieder in Händen halte, und sie erinnern mich an Zeiten in meinem Leben, die ich sonst vergessen hätte, wie wenn man an einen Ort kommt, von dem man glaubt, er sei einem neu, aber dann erkennt man durch einen Geruch oder eine winzige Kleinigkeit, dass er einem doch vertraut ist. So ist das sogar mit Büchern. Ich habe keines meiner Bücher vergessen, aber manchmal wenn ich eines aufschlage – *Shouldn't You Be In School?* zum Beispiel, oder *29 Myths on the Swinster Pharmacy* – dann kann ich nicht glauben, dass es mein eigenes Werk ist, dass es einem abgeschlossenen Manuskript entstammt, das einem Entwurf entstammt, der einem anderen Entwurf entstammt, der einer Idee auf einem Papierschnipsel entstammt, der meiner Hand entstammt und jetzt ist es da, ein fertiges Buch, das heimkommt und sein Quartier aufschlägt im Geist all jener, die es lesen.

Ich sah mich im Raum um, der leer war bis auf den Fetzen Papier, den ich in der Hand hielt und das Buch, das ich las und den Tisch und den Stuhl, den ich benutzte und die anderen Stühle und Tische und die anderen Besucher der Bücherei und die Regalreihen voller Literatur und Emily Dickinson, die mir zulächelte, und ich sagte mir selbst, dass es albern war, einen Raum so zu beschreiben – zu sagen, er sei leer bis auf viele, viele Dinge. Im nächsten Entwurf sollte der Satz besser sein, dachte ich, und auch kürzer. Ein Satz wird durch Kürzen fast immer besser. Ein hübscher kurzer Satz fühlt sich an, als wäre etwas weggelassen worden, und das hilft mit dem Überraschungsmoment.

Sie hatten Gift zum Frühstück.

Den ganzen Tag war ich diesem Satz nachgegangen, weil ich, wie ich der Bibliothekarin erklärte, lieber nicht sterben wollte. Aber das zu sagen war lächerlich. Ich wusste, dass ich sterben würde. Erst am Morgen hatte ich darüber nachgedacht, dass wir alle sterben werden. Das Ende unseres Lebens ist wie ein offener Kanalschacht, in den man eines Tages beim Herumlaufen hineinfällt, dieser eine entsetzliche Schritt, mit dem man von der Bildfläche verschwindet, und dann kommt das Dunkel und dann das Nichts.

»Bye bye Hündchen«, wird die Gestalt des Todes sagen, und man wird aus der Welt verschwinden wie Händler und Ziegenhirten und Schuhmacherinnen vor einem, und während die Zeit vergeht wird unsere Lebensspanne immer kürzer.

Jede Mahlzeit, die man zu sich nimmt, ist Gift, weil einen die Nahrung nur durch die Welt bewegt, bis zum

Ende unserer Zeit in ihr. Abendessen ist Gift, und Mittagessen auch. Brunch und zweite Frühstücke und Snacks am Nachmittag oder vor dem Zubettgehen sind Gift, ebenso wie das Frühstück am nächsten Morgen – all diese Mahlzeiten bringen uns dem Tod näher und näher. All das hatte ich begriffen und ich hatte es aufgeschrieben, und jetzt schreibe ich es wieder auf.

Es war ein Gedanke, der fassungslos machte, aber die Geschichte der Literatur ist die Geschichte der Fassungslosigkeit. Auf der ganzen Welt und durch die ganze Geschichte sind Schriftsteller von der Welt und all den Dingen in ihr, die sie sich nicht vorstellen können, fassungslos gemacht worden, und deshalb schreiben sie – schreiben *wir* – sie auf um zu versuchen, sie uns vorzustellen.

Das Gedicht beispielsweise, das ich gerade las, als ich meine eigene Handschrift auf dem Seitenrand entdeckte, geht so:

Nicht Krieg, noch Zyklone, noch Beben der Erde
sind schreckenerregend gleich wie dieser Tölpel,
der starrt, Wasser trinket und alles noch weiß
was wir sagen.

Das ist das ganze Gedicht, vor langer Zeit geschrieben in einer Sprache und in jüngerer Zeit übersetzt in eine andere. Ich verstehe es überhaupt nicht. »Tölpel« ist ein Wort für einen ungeschickten und lächerlichen Menschen, aber ich verstehe nicht, warum ein ungeschickter und lächerlicher Mensch alles noch wissen sollte, was wir sagen. Ich verstehe nicht, warum dieser Tölpel Wasser trinkt und auch nicht, warum das schlimmer ist als Krieg oder Zyklone oder Erdbeben, also Katastrophen, die Menschen betreffen und bei denen Wind und Erde herumbewegt werden. Ich mag dieses Gedicht, aber ich verstehe es nicht, und ich habe den Verdacht, dass der Autor und der Übersetzer, beim Schreiben und Übersetzen auf verschiedenen Kontinenten und von Jahrtausenden getrennt, genauso fassungslos waren wie ich, als ich es las. So kam mir die Idee, die Philosophie dieses Buchs.

Niemand weiß irgendetwas. Wir haben keine Ahnung, was geschieht. Wir sind alle fassungslos. Manche sagen vielleicht, zu uns oder zu anderen, dass sie etwas verstehen, aber sie irren sich, oder sie raten oder sie denken es sich aus. Ich weiß nicht, warum ich nachts hinausschlüpfte und die Straße hinunterrannte, und Sie auch nicht. Ich weiß nicht, warum eine exzentrische Frau die Familie Emerson verwünschte, deren Tochter Sally wie von ihren Eltern erhofft Stephen Jones heiratete. Ihr Vater, wenn sie einen haben, kann Zenos Paradoxa nicht enträtseln, und Ihre Mutter, wenn Sie sie finden können, weiß nicht, warum manche Geschäfte auf wagemutige Weise erratische Öffnungszeiten haben. Kein einziger Ihrer Lehrer kann erklären, ob F.W. Bain seine Bücher tatsächlich aus alten Sanskrit-Manuskripten übersetzte, oder warum er das vorgab, oder was Korla Pandit *née* John Redd in der Universalsprache der Musik zu sagen versuchte, und wenn man sie fragt, dann werden sie diese sehr einfachen Fragen wahrscheinlich nicht einmal verstehen. Keiner Ihrer Freunde weiß, warum ich gerne im offenen Wasser schwimme oder ob es einen Gott gibt, und wenn Sie so etwas fragen, werden die Gefragten angesichts dieser sehr komplizierten Fragen wahrscheinlich nur mit der Schulter zucken. Ihre Cousinen wissen nicht, was der Mann in dem von der Frau mit dem abenteuerlichen und schwierigen Leben gesungenen Lied falsch gemacht hat, und die Person, die Ihnen jetzt in diesem Moment am nächsten ist, gleich dort drüben, kann nicht erklären, warum die einsamsten Menschen auf der Welt diejenigen sind, die Sie niemals wiedersehen werden. Kein einziger Mensch versteht das Küssen. Keiner weiß, warum ich ungeschickt bin. Ich weiß nicht, warum Kakteen giftig sind oder warum so viele Menschen in Gefangenenlager und andere schreckliche Situationen gezwungen wurden. Ich kann nicht einmal herausbekommen, was mit Leuten los ist, die keine pochierten Eier mögen. Vor kurzem habe ich eines für einen jungen Mann zubereitet – so jung, dass manche Leute ihn einen Jungen nennen. Er hatte noch nie ein pochiertes Ei bekommen und hatte auch keine Lust, es zu probieren. Um ihn zu ermuntern sagte ich, es wäre fluffig und würde ihn nicht umbringen. Er war anderer Meinung und wies darauf hin, selbst wenn es fluffig wäre, würde es ihn trotzdem umbringen, weil er früher oder später sterben werde, und ich weiß nicht, warum mir bei seiner Antwort eine Idee kam.

Trotzdem gab er sein Bestes, das Ei zu essen. Wir alle müssen oft unser Bestes geben und dürfen darin nicht nachlassen. Wir verstehen überhaupt nichts, aber wir sollten unser Bestes geben, um uns gegenseitig zu verstehen. Wir sollten schwimmen und in Parks spazieren gehen und dabei nachdenken. Wir sollten uns Filme ansehen und darüber nachdenken, was passieren könnte.

Wir sollten etwas zu Essen kaufen und darüber nachdenken, wo es herkommt, und wir sollten Musik hören und uns fragen, was sie bedeutet. Wir sollten Unterhaltungen führen – wirkliche und eingebildete – mit bereitstehenden Übersetzern, damit jeder alles verstehen kann, was wir sagen. Vielleicht fühlen wir uns dort heimisch, wo wir sind, oder wir fühlen uns deplatziert, oder beides, in der Art, wie jemand, der auf eine Reise geht, auch ein Fremder in der Stadt ist, aber trotzdem sollten wir immer weiter lesen. Wir müssen rätselhafte Literatur lesen und von ihr so fassungslos gemacht werden wie von der Welt, und wir sollten unsere Ideen aufschreiben und unsere Geschichten wie durch Magie in Literatur verwandeln.

Vor vielen Jahren saß ich draußen auf einer Bank und weinte sehr. Ich weinte, weil es jemanden gab, den ich niemals wiedersehen würde. Es kam ein Mann vorbei, den ich kannte – kein Freund, nicht einmal ein Bekannter. Ehrlich gesagt hatte ich ihn immer irgendwie für einen Trottel gehalten. Er war fein herausgeputzt in einem schicken Anzug, und er war in Eile. Es ist sehr peinlich, wenn man weint und andere Menschen einen sehen können, aber früher oder später tun wir es alle. Der Mann sah mich und ich sah, dass er mich sah. Ich wusste nicht, wohin er wollte, und er wusste nicht, warum ich weinte. Er eilte nicht weiter, was mir peinlich gewesen wäre, und er gab mir keine großartige Umarmung oder sagte mir, alles würde wieder gut werden, worauf ich noch mehr geweint hätte. Er blieb stehen, setzt sich neben mich und sagte kein Wort. Er sagte überhaupt nichts, und ich könnte Ihnen nicht sagen, warum es das Allerbeste war, das er tun konnte. Es war eine schreckliche Zeit für mich, aber für ihn war es vielleicht seine Sternstunde.

Ich hatte eine Weile nicht mehr an diese Geschichte gedacht, aber nun war ich froh darüber. Als ich darüber nachgedacht hatte, schloss ich mein Buch und verabschiedete mich mit einem Nicken von der Bibliothekarin. Ich steckte den Zettel in meine Tasche und sah ihn niemals wieder. Es ist eine alte Geschichte – *jemand verliert etwas.* Vielleicht fiel er aus meiner Tasche und einem anderen Leser in die Hände, der darüber erschrak und dazu angeregt wurde, sich auf eine Reise zu begeben. Jedenfalls brauchte ich ihn nicht mehr. Seine Botschaft war erhalten und verstanden worden, und es war Zeit, mich an die Arbeit zu machen. Ich konnte es gar nicht erwarten. Ich verließ die Bibliothek und versuchte, meine Gedanken zu ordnen.

Kapitel dreizehn

1. Da sind Sie, Snicket.
2. Sie haben eine Idee für ein Buch, das Sie schreiben werden.
3. Es ist eine Kriminalgeschichte.
4. Es ist ein Buch über Philosophie.
5. Es handelt von Fassungslosigkeit.
6. Es wird *Gift zum Frühstück* heißen.
7. Denken Sie daran, das Überraschungsmoment einzubringen.
8. Denken Sie daran, gewisse Dinge wegzulassen.
9.
10. Richtig, niemand kennt die andere Regel.
11. Es macht einen fassungslos.
12. Geben Sie trotzdem Ihr Bestes.
13. Zuerst haben Sie allerdings Hunger. Was werden Sie zu Mittag essen?

Anmerkungen

Wie schon gesagt ist alles in diesem Buch wahr, obwohl manche Menschen und Orte andere Namen erhalten haben, damit sie nicht in Verlegenheit gebracht und/oder unbefugt betreten werden. Wenn Sie gerne mehr über die in diesem Buch erwähnten Dinge erfahren wollen, könnten Ihnen diese Anmerkungen hilfreich sein. Manche der Dinge sind nicht angebracht für Kinder, und wenn Sie ein Kind sind, dann sollten Sie eine erwachsene Person fragen, bevor Sie sich auf die Suche machen, oder sich zumindest nicht dabei erwischen lassen.

Kapitel eins

Das Gedicht, in dem das Meer »eine Messerangelegenheit« oder wie im englischen Original »a case of knives« genannt wird, ist *Wading at Wellfleet* von Elizabeth Bishop, die viele ausgezeichnete Gedichte geschrieben hat.

Die Schriftstellerin, von der ich sagte, ich würde sie nicht nennen, ist Sophie Blackall.

The Highwayman – hier im deutschen Text *Der Straßenräuber* (Anm. d. Übers.)– ist eines der wenigen guten Gedichte von Alfred Noyes.

Kapitel zwei

Das Buch über Begräbnisse im alten Ägypten ist das *Altägyptische Buch der Toten.* Meine Ausgabe wurde von Ramses Saleem übersetzt (der deutsche Text wurde aus dem Englischen übersetzt, Anm. d. Übers.). Die Autoren sind unbekannt.

Die Geschichte über die Familie Emerson und die exzentrische Frau und Stephen Jones heißt »Witch's Revenge« und stammt aus einem Buch mit dem Titel *Strangely Enough* von C.B. Colby.

Die Schriftstellerin, die mir beigebracht hat, dass »Ein Fremder kommt in die Stadt« und »Jemand geht auf eine Reise« dasselbe ist, ist Ellen Miller, Autorin eines einzigen Buchs mit dem Titel *Like Being Killed.*

Ich sollte auch den Schriftsteller Vladimir Nabokov würdigen, in dessen Roman *Lolita* der Tod einer Person mit dem in Klammern gesetzten Satzteil »(Picknick, Gewitter)« erklärt wird. Ich bewundere diesen Ausdruck und benutze in diesem Kapitel viele ähnliche Phrasen. Manche Leute halten *Lolita* für besonders gefährlich für junge Menschen, und deshalb werde ich es nicht empfehlen, sondern nur erwähnen, dass es einer der fantastischsten Romane der Welt ist, und belasse es dabei.

Kapitel drei

Das wunderbare Buch, das meine Nachbarin las, ist *The Headless Cupid* von Zilpha Keatley Snyder.

Das Paradoxon von Zenon ist das von Achilles und der Schildkröte. Zenon erdachte eine Reihe von Paradoxa und die meisten davon sind interessant. Es gibt viele Bücher über Zenon und seine Paradoxa, gute und schlechte.

Kapitel vier

Der Film, den ich sah, als ich klein war, heißt *Midnight* (deutscher Titel: *Enthüllung um Mitternacht,* Anm. d. Übers.). Regie führte Mitchell Leisen, das Drehbuch stammte von Charles Brackett und Billy Wilder nach einer Geschichte von Edwin Justus Mayer und Franz Schulz.

Kapitel fünf

A Syrup of the Bees von F. W. Bain ist ein reales Buch.

Korla Pandit ist ein realer Musiker.

Everything You Know about Indians Is Wrong ist von Paul Chaat Smith.

Ceylon heißt gegenwärtig Sri Lanka.

Kapitel sechs

Rotkäppchen ist die Heldin einer Geschichte, die normalerweise nach ihr benannt ist. Es gibt viele verschiedene Versionen, manche gut, manche schlecht.

Ödipus ist der Held von *König* Ödipus von Sophokles.

Die japanische Geschichte über den Feudalherren wird beschrieben in einem Buch mit dem Titel *The Izu Dancer and Other Stories.* Das Buch hat zwei Autoren und zwei Übersetzer, aber der betreffende Teil wurde geschrieben von Yasushi Inoue und ins Englische übersetzt von Leon Picon.

Eine Rabbinerin namens Julie Saxe-Teller half mir dabei, Tzimtzum zu verstehen, soweit man so etwas verstehen kann. Ich kann jedem, selbst Rabbis, nur empfehlen, von einer Rabbinerin oder einem Rabbi zu lernen.

Der Schriftsteller, der gesagt hat: »Gott hat alles aus dem Nichts geschaffen. Aber das Nichts schmeckt durch« ist Paul Valéry, in seinem Buch *Schlimme Gedanken und andere.*

Das Buch, das ich verloren und wieder gefunden habe, ist *The Story of Junk* (deutscher Titel: *Sehnsucht,* Anm. d. Übers.) von Linda Yablonsky.

Kapitel sieben

Das Lied im Supermarkt ist *Sinnerman* in der Fassung von Nina Simone.

Persien wird heute meistens Iran genannt.

Kapitel acht

300 Goats ist von Naomi Shahib Nye.

Das Lied, in dem angemerkt wird, dass die einsamsten Menschen auf der ganzen weiten Welt diejenigen sind, die man niemals wiedersehen wird, ist *Harlem Roulette*, geschrieben von John Darnielle und zuerst aufgeführt von seiner Band, den Mountain Goats.

Kapitel neun

Der Autor und der Übersetzer, mit denen ich die eingebildete Unterhaltung führte, sind Pu Songling und John Minford. Das Buch, um das es geht, ist *Strange Tales from a Chinese Studio.* (Eine vollständige deutsche Ausgabe der »Seltsamen Geschichten aus dem Gelehrtenzimmer« liegt in der Übersetzung von Gottfried Rösel unter dem Titel *Aus der Sammlung Liao-dschai-dschi-yi* vor, Anm. d. Übers.)

Kapitel zehn

Der Komponist, der die Noten nicht herumbewegt, ist Morton Feldman. Mein Lieblingsstück von ihm ist wahrscheinlich *Crippled Symmetry*.

Das Buch mit dem Mädchen und der Höhle und dem Tiger ist *The Long Secret* (deutscher Titel: *Neuigkeiten aus Harriets Spionageheft*) von Louise Fitzhugh und wird oft fälschlicherweise als Fortsetzung von *Harriet the Spy* (deutscher Titel: *Harriet, Spionage aller Art*) beschrieben.

Kapitel elf

Emily Dickinson ist eine reale Dichterin. Da keines ihrer Gedichte einen Titel hat, wurden sie durchnummeriert, aber manchmal geraten die Nummern durcheinander. Mein Lieblingsgedicht beginnt mit »I tie my Hat« und trägt für gewöhnlich die Nummer 443.

Der Komponist im Gefangenenlager ist Olivier Messiaen, und das von ihm komponierte Stück ist das *Quatuor pour la fin du temps* (deutsch: Quartett für das Ende der Zeit). Es ist das Lieblingsstück meiner Bibliothekarin von Messiaen, meines dagegen ist *Fête des belles eaux*.

Der Philosoph, der sagte, dass wenige Menschen glücklich sein können, ohne dass sie eine andere Person etc. hassen, ist Betrand Russell.

Kapitel zwölf

Das Gedicht über den Tölpel stammt von Antipatros von Thessalonike und wurde auf Altgriechisch geschrieben. Ins Englische hat es Kenneth Rexroth übersetzt, der selbst Dichter ist.

Mir scheint die Erwähnung wichtig, dass dieses Buch fast zur Gänze in einer öffentlichen Bücherei geschrieben wurde, und ich möchte mich bei den Angestellten wie den Besuchern dafür bedanken, dass sie so leise und hilfsbereit waren, mit Ausnahme des einen Besuchers, der ziemlich hässlich zu mir war.

Kapitel dreizehn

Es gibt keine Anmerkung zu Kapitel dreizehn.